世界文學
經典名作

我們

Мы

Евге́ний Ива́нОвич Замя́тин

尤金・薩米爾欽 著
陳奕明 譯

焚書時代的文學奇品

喬治．歐威爾

在我聽說有這麼一本書的幾年後，我終於得到了一本薩爾米欽的《我們》，它是這個焚書年代裡的「文學奇品」之一！在查閱了格列布．斯特魯韋的《蘇俄文學二十年》後，我發現其歷史是這樣的：

一九三七年去世於巴黎的薩爾米欽是俄羅斯小說家、評論家，他既在十月革命前，也在其後出版過幾本書。《我們》約寫於一九二三年，儘管它並非關於俄羅斯，而且與當時的政治無直接關係——它是一部描寫第26世紀的幻想作品——但由於在意識形態上不合時宜，而被禁止出版。有一份手稿輾轉到了國外，這本書到現在已經有了英語、法語及捷克語譯本，但從未以俄語本出版過。英譯本出版於美國，我一直未能找到一本，但的確有法語譯本（書名爲《NousAutres》），我終於借到了一本。依我所見，它並非一本一流的書，但無疑是本不尋常的書，令人吃驚的是，英國的出版商無一有足夠膽識重出這本書。

對於《我們》，誰都會首先注意到這一事實——我相信從未有人指出過——即阿道斯．赫胥黎的《美麗新世界》的創作靈感肯定部分得自於它。此兩書都描寫了樸素的人類精神對一個理性化、機械化和簡單化的世界所進行的反抗，而兩書中的故事，都假定發生於現在往後約六百年時。兩書的氛圍相似，大體而言，描寫的是同一種社會，儘管赫胥黎的書在政治覺悟上顯得少一些，更多受到了近期生物學和心理學理論的影響。

在第26世紀，按照薩爾米欽所寫，烏托邦裡的居民已經如此徹底失去個性，以至於只以號碼數字來命名。他們住在玻璃房子裡（寫於電視發明前），使政治警察——稱爲「護衛」——更容易監視他們。他們全穿同樣的統一服，通常一個人不是以「一個號民」，就是以「一個統服」（統一服）相稱。他們靠合成食物維生，通常的娛樂是四人一排行進，同時喇叭裡播放著大一統國的國歌。按照規定的時間間隔，他們被允許可以放下玻璃公寓內的幔簾一小時（被稱爲「性交小時」）。當然，那裡沒有婚姻，然而性生活似乎並非完全是濫交。爲做愛目的，每人都有一種粉紅色票券的配給薄，跟他度過規定的某次性小時的伴侶在票根上簽字。大一統國是由一位被稱爲「造福主」的個人所統治，他每年由全體人民重選，總是全票當選。這一國家的指導原則是幸福跟自由互不相容。在伊甸園裡，人是幸福的，可他愚蠢地要求自由，就被驅逐到荒野中。現在大一統國通過剝奪他的自由，令他重新享受到幸福。

至此，它跟《美麗新世界》相似得驚人。但是薩爾米欽的書儘管在整體結構上沒那麼好——它的情節很弱，很鬆散，複雜得不好總結——但它具有政治目的，而另一本則缺少。在赫胥黎的書裡，「人性」問題從某種程度上得到解決，因爲它設想通過出生前治療、用藥和催眠性暗示，可以做到需要什麼樣的人類機體，就專門生產出什麼樣的。一個一流的科學工作者跟一個智力低下的半癡呆人同樣容易製造，在製造這兩種人時，殘餘的原始本能，如母性感覺或對自由的渴望，都易於處理。同時，對社會爲何以所描述的細緻方式形成階層，則未能給予一個清晰的解釋。目的不是經濟剝削，但欺壓和操縱別人的渴望似乎也不成其爲動機。不存在對權力的渴求，沒有虐待狂，沒有任何類型的冷酷無情。那些居於最上層的沒有待在那裡的強烈動機，儘管人人都以一種空虛的方式幸福著，但生活已變得如此缺乏目的，難以相信這種社會能夠持久存在。

整體而言，薩爾米欽的書，跟我們自己的處境更有關聯。雖然有教育，也有護衛們進行防範，但很多古老的人類本能依然存在。故事的講述者 D-503 儘管是位天才的工程師，但不過是個循規蹈矩的可憐人，可以說是個在烏托邦中生活的倫敦市的比利·布朗，他經常因爲返祖性的衝動佔據他的心而震驚。他愛上了（這當然是一種罪）一位I-330，她是某個地下反抗組織的成員，而且暫時成功地帶他走向了造反。造反開始後，好像造福主的敵人事實上數量相當多，這些人除了謀劃推翻大一統國，放下幔簾後，他們甚至縱情於抽煙、喝酒這類惡習。D-503 最終免受他自己的愚行所帶來的後果。當局宣佈已經發現近期動亂的原因：有人患上了幻想病。負責幻想的神經中樞的位置被確定，這種病可以用愛克斯光療法治愈。D-503 接受了手術，之後，他就能輕鬆地去做他一直明白該做的——即向警方出賣他的同黨。他看著 I-330 在玻璃鐘形罩下被壓縮空氣折磨，卻絲毫不爲所動：

她看著我，她的手緊抓住刑椅的扶手，她望著我直到她的眼睛完全閉上。他們把她拖了出去，用電殛法使她恢復知覺，然後又把她放在罩下。如此重複了三遍，可她沒招一個字。

跟她一起被帶來的別人都顯得更老實一些。很多人在受過一次刑後就招了。明天他們全都要被送上造福主的機器，處以極刑。

造福主的機器就是斷頭臺。薩爾米欽筆下的烏托邦裡經常處決人，公開進行，造福主到場，伴隨著官方詩人背誦的慶祝頌詩。當然，斷頭臺並非那種古老的簡陋器具，而是一種改進許多的型號，能使受害者完全液化，瞬間將他化爲一縷煙和一攤清水。事實上，處決是以人爲祭，而描寫處決的那一幕被有意加上了遠古世界邪惡的奴隸文明色彩。是這種對極權主義荒謬一面的直覺理解——以人爲祭，爲殘忍而殘忍，崇拜一位被塗上神聖色彩的領袖——使薩爾米欽的這本書比赫胥黎的那本高出一籌。

不難看出，這本書爲何被禁止出版。下面 D-503 和 I-330 之間進行的對話（我做了少許刪節）完全足以使審查員行使大權：

「你意識到你所暗示的是革命嗎？」

「當然是革命。為什麼不呢？」

「因為不可能有革命，我們的革命是最後的了，永遠不會再來一場，這誰都知道。」

「親愛的，你是個數學家：告訴我，最後的數字是幾？」

「你什麼意思，最後的數字？」

「噢，那就說最大的數字吧！」
「可是荒唐啊。數字是無限的，不可能有最後一個。」
「那你幹嗎說最後的革命呢？」

還有其他類似段落。然而很有可能的是，薩爾米欽並非有意以蘇維埃政權爲特定的諷刺目標。他寫時大約在列寧死的前後，不可能想到史達林進行的獨裁，而一九二三年俄羅斯的狀況並非誰都會反抗，因爲生活正變得太安全和舒適了。薩爾米欽所針對的，似乎並非任何一個特定國家，而是工業文明不言自明的目標。他別的書我一本也沒讀過，不過從格列布·斯特魯韋那裡，我瞭解到他在英國待過幾年，並寫過一些尖銳諷刺英國生活的作品。從《我們》看來，他顯然強烈傾向於尙古主義。他一九〇六年坐過沙皇政府的牢，一九二二年又坐過布爾什維克的牢，是在同一所監獄的同一條走廊上，他有理由討厭他在其中生活過的政治體制，但他的書並非單純爲發洩不滿。實際上，它是對「機器」進行的研究，人類有欠思量地把這個魔鬼從瓶子裡釋放出來，卻無法將其重新納入瓶中。此書倘在英國出版，應該留意找來一讀。

——刊於一九四六年1月4日《論壇報》

關於·本書

《我們》是俄國作家尤金·薩米爾欽創作的長篇小說，完成於一九二一年，但當時前蘇聯當局認爲該作不宜發表。一九八八年《我們》才在前蘇聯公開發表。

這是一部反烏托邦作品，《我們》針對的是極權主義的種種弊端。全書採用筆記形式，假借生活在未來世界中的一個模範公民之口，戲擬了一個高度數字化、採用集中統一管理的「號碼衆合國」中各色人等的生活和心態。

《我們》的寫作風格直接影響了後來的《一九八四》、《美麗新世界》，更是開創了反烏托邦這一文學作品類型。

本書的敘述者 D-503 是大一統社會的一名工程師，他們的統治者要求他們撰文以歌頌自己的國度，主人公自信的認爲只要對自己的生活如實記錄，便是一首頌歌，所以他共記了40篇日記，碰巧的是在這期間他愛上了一個不屬於自己世界的 I-330，她不贊同他們的生活方式，試圖藉助D-503的幫忙通過革命來改變這種生活狀態。但最後，D-503的理智戰勝了情感，他去做了靈魂摘除術，I-330由於革命失敗，被處死。D-503又恢復到原先的生活。

俄國的反烏托邦小說有自身的傳統。19世紀下半葉到20世紀初這一時期，俄國農奴制越來越走向沒落，社會一切矛盾都開始激化，起義、革命此起彼伏，整個社會處於動盪中。許多愛國的作家，一邊在對未來美麗的新世界進行憧憬，一邊根據自己看到新的社會弊端來寫作些反烏托邦小說。

從第一部反烏托邦小說奧托耶夫斯基的《無名城》開始，到20世紀初比較有名的反烏托邦小說，如費德羅夫的《二二一七年的一個夜晚》、勃留索夫的《地球》和《南十字架共和國》都提到了工業文明和自然、人性的衝突。而這些小說都對薩米爾欽的《我們》或多或少地產生過影響。

《我們》寫成於一九二一年，蘇聯20、30年代之後愈演愈烈的社會弊症當時還在萌芽狀態。與其說薩米爾欽在誹謗蘇聯社會，不如說這是表明他由於對現代社會初見端倪的弊症的尖銳目光和思想預見力，對之後幾十年可怕後果的不幸言中，諸如戰時軍事化、集權化、工業化等等。

本書的主要人物：

D-503——在小說中，男主人公 D-503 經過迷惑、醒悟、猶豫、徘徊、鬥爭與自我批判後，擺脫不掉那「自古以來人類就有的不自由意識」最後被迫回歸到他原來的安分守己狀態，因爲他的「我」無能對抗代表「我們」的「救世主」。

I-330——小說的女主人公 I-330 堅信「無限革命」的辯證法，她「眼睛深處的火爐」是她熾烈靈魂的象徵，她熱愛紅色的力而貶低藍色的熵（音傷，統計力學名詞），她堅持反抗直到被關進鍾玻璃罩受刑。

O-90——O-90 孕育著新的生命，她身上偉大的母愛象徵著飽受苦難的俄羅斯母親，同時也象徵了人類永恆的母親。這樣偉大的人類母親一定會戰勝所有的困難，使嶄新的生命來到世界。

作者在《我們》一書中指出：

人的自我存在不應被強力脅迫——

人的本性不能被預先界定，因爲它不能被預先構想出來，人本身僅僅是存在著，只是後來我們才成爲了我們本質的自我（沙特語），沙特進一步解釋說，存在先於本質的意思是，我們首先存在著，遭遇我們自身，出現於世界之中，然後我們才界定自己，成爲我們所創造的東西。

《我們》十分具象地表達了上述抽象的哲學意義，那些無名無姓、只是作爲數字符號活著的人，在權力意志驅使下不僅「沉淪」，同時還在自己的行爲中證實了自己，成爲了他們所創造的東西：什麼也不是。

頗具諷刺意義的是，所謂「他們所創造」，並非指人的無條件的自由選擇，這是因爲，早在人的存在之前就已經有一種東西先於人而存在了，人只是存在在存在之中。還可以這樣說，人的存在歸根究底取決於先於人的那種存在，是那種存在決定著人的存在，否則，人們就將無法理解在《我們》中爲什麼所有人都做了用編號活著（號民）的選擇。人們知道那不是自由的選擇。人的主體性早已被先於人的存在而存在的那種強力的脅迫之下了，人所收穫的，不過是這種脅迫的一個後果罷了。

對集權的思考——

主人公情慾的甦醒和對親情的渴望意味著，曾經看上去壓倒一切的「我們」只是極度壓制了「我」的存在空間，以至於人們都意識不到「我」的存在了。而事實上，「我」一直就深藏在意識的最深處。當時機來臨，「我」便像野草一樣，恢復了強勁的生機，一改以往被壓制的狀態，不可阻擋地燃燒起來，與高高在上、冠冕堂皇的「我們」形成對峙和衝突。主人公後來發現，他不是唯一背叛大一統帝國的號民。大一統帝國內部暗潮湧動。一部分號民們和他一樣，在「我」和自由意志的推動下，走上了反抗理性、顛覆大一統的道路。

需要指出的是，不應該僅僅將薩米爾欽對大一統帝國的「我們」式意識形態描述解讀爲對蘇聯集權主義的嘲諷。蘇聯集權主義的確在很大程度上與「我們」式意識形態有關。但是，將《我們》置於西方烏托邦文學史和思想史的大視野中，就會發現，薩米爾欽筆下的「我們」式意識形態指向了所有以理性對情感的絕對壓制爲手段來謀求人類理想社會的思想與實踐。顯然，在《我們》這部作品中，在主人公身陷「我們」與「我」

的矛盾衝突時，「我」作爲訴諸人類永恆的情感需求的那一面是很弱勢的。讀者很容易被誤導，認爲薩米爾欽的立場是站在「我」這邊，反對「我們」的。事實未必如此。在漫長的西方烏托邦思想史中，「我」被忽略、被抑制的時間太久，以至於「我們」與「我」的矛盾都被盲目樂觀地認爲不存在了。薩米爾欽不過是一反前輩們對「我」的忽略，突出了「我」的存在和重要性，也突出了「我們」與「我」的矛盾之尖銳性。

進一步講，薩米爾欽的思考重心不在政治體制或意識形態層面，也不是突出個體的自由主義，而是指向形而上學層面的理性與情感的關係問題。對於這一問題，柏拉圖在《理想國》中也探討過。柏拉圖毫不猶豫地站在理性這一邊。薩米爾欽只是令《我們》的主人公在小說結尾處採取了近似柏拉圖的立場。《我們》的主人公最終被施以特殊手術，從此離開了「我」的隊伍，重歸「我們」，重新堅信勝利只屬於「我們」，因爲「理性必勝」。毋庸置疑，薩米爾欽本身並不贊成理性的絕對控制權，但這並不必然意味著他贊成以「我」的人性需求和自由意志等來替代「我們」的絕對理性，併成爲支配人類社會的權威力量。

小說《我們》背景的產生主要源於作品獨特視角的選擇，由於小說是以日記體寫成的，所以作家沒有採用全能視角，而是採用第一人稱視角，敘述者是主要人物，只是講述自己的故事，這樣可以讓讀者看到主人公——號碼 D-503 比較細膩眞實的內心世界。敘述者又是一個追求準確的人，很多細節他是羞於寫出的，但他還是作了如實記錄，讓人看到了他的眞誠，讓人在清楚小說是虛構的同時，卻試圖並最終願意相信：或許這是更高層次上的眞實。同時，作家通過 D-503 的視角向讀者展示了對敘事者來說是司空見慣的，而對讀者來說是全然陌生的大背景，筆調因熟悉而自然，而對讀者來說卻是陌生的加劇；也向讀者展示了對他們來說司空見慣的而在敘述者看來又是完全的陌生的小背景，他的心情因陌生而詫異。

作者給大一統王國的人起名是很不同尋常的，用人們不太習慣的抽象的符號來代替人名，陽性字母代表男性，陰性字母代表女性，如 D-503 是男性，I-330 是女性。這種設置遠離了讀者與文中人物的距離，使讀者對人物的注意力轉到其他特徵上去了，同時從這個小細節上可以獲知大一統王國是一個數字化程度非常明顯的國度。

的確，作品中將一切感性的、抽象的東西都具象化、理性化了。對一些簡單的心理感覺用一些相當具體的東西來表述，比如，D-503 覺得 I-330 讓他感到反感和不快，「彷彿她是個偶然鑽進方程式裡無法解開的無理數。」因爲他生活中一切都是可以用

「二乘二得四」算術四則予以解決，而I-330是個意外，是個弄不清楚的號碼（民），所以稱她為「無理數」。

小說名字「我們」是圍繞主題的最大隱喻。在薩米爾欽寫作小說《我們》時，蘇聯正處在一個崇尚集體主義，排斥自我、個性的時代。當時一些詩人和作家，甚至主張把「我」這個詞從俄語裡去掉，而代之以「我們」。所以，作者用「我們」為題具有很大的意義，一方面是對完全拋棄個性和人性主張的諷刺，另一方面又以諷喻的方式描畫出一幅讓人恐怖的純理性和無人性的災難圖。作者正是借用「我們」一詞，很好地把現實和虛幻結合起來，讓人在讀作品時，體會出埋在科幻外表下的深層含義，時時提醒讀者深入思考現實。

描寫人的神情，敘述者也是用完全不同的語言來刻畫的：「每回說話的時候，她的臉就像飛速轉動著的閃亮的車輪，很難看清輪上的輻條。可是現在輪子不在轉。我眼前的是一個奇特的線條結構：兩條在太陽穴旁高高挑起的黛眉，構成一個嘲諷的尖三角，從鼻端到嘴角有兩道很深的皺紋，構成一個角尖朝上的三角。這兩個三角相互對峙著，在整個臉上劃上了一個像十字架似的大叉，一個令人感到不快、刺激人的X輪子開始轉動了，輻條轉動著連成一片……」其實別的作家完全有可能換一種方式來表述她說話的神態、表情以及這些給主人公帶來的心理感受，可是，D-503無法選擇詞彙，只能站在極端理性化的角度對眼前所見作了一番不含任何感情色彩的眞實描繪，「看不清輻條的車輪」讓讀者看得費勁且費時，因爲I-330完全超出了他能把握的範圍，作爲「我們」需要給她一個分析、定論，結果只能讓讀者生成了一個三角形和X具體而理性的意象，並讓其成了一種表述心理的媒介，讓讀者體會到了敘述者內心的不踏實和困惑，這與讀者平常的習慣表達有著差異，致使讀者感覺很「陌生」並因此而重新對I-330的表情進行揣摩。

喬治·歐威爾受了《我們》的啓發，才創作了《一九八四》，歐威爾還爲《我們》的英譯本寫了序言，稱《我們》是「焚書年代的文學珍品」；《我們》、《一九八四》和《美麗新世界》被稱爲「反烏托邦三部曲」。除了《一九八四》之外，《美麗新世界》也是受到了《我們》的啓發而創作的！因此，《我們》被稱爲是「反烏托邦三部曲的源頭之作」，它啓發、影響了另兩部同類型作品的創作。

《我們》是薩米爾欽最重要的作品，但是，它的出版卻波折不斷。一九二一年作家就寫成了這部作品，並且他還多次在文學圈子內朗讀它的片斷，小說以手抄本形式廣泛流傳。但在20世紀20年代中期蘇聯當局認爲此作不宜發表後，它就從此被打入冷宮。到20年代末，小說的俄文版在國外問世，於是引起了一場風波，薩米爾欽受到迫害離開俄國。此後，在蘇聯文壇對《我們》或隻字不提或全部否定。一九八八年，時隔60多年，《我們》才在蘇聯開禁發表……

作者簡介

尤金．伊凡諾維奇．薩米爾欽（俄語：Евге́ний Ива́нОвич Замя́тин、一八八四年2月1日～一九三七年3月10日）是一位俄羅斯小說家，他的代表作就是反烏托邦科幻小說的經典之作《我們》。本書榮獲自由主義未來人協會普羅米修斯獎（Prometheus awards）名人堂大賞。

薩米爾欽出生在俄羅斯帝國坦波夫省列別姜（目前隸屬利佩茨克州），距離莫斯科三百公里。他的父親是東正教牧師和學校校長，母親則是音樂家。薩米爾欽在一九二二年回憶說「你會看到一個非常孤獨的孩子，沒有同年齡的同伴，他的母親演奏蕭邦時會跑到鋼琴下面。」

他可能有聯覺（即共感覺、通感），所以可以將字母和聲音、色彩連結在一起。

從一九〇二年到一九〇八年，薩米爾欽在聖彼得堡就讀海軍工程。在此期間，他加入布爾什維克黨。他在一九〇五年俄國革命期間被政府逮捕，並流放至西伯利亞。不過，他後來逃回到聖彼得堡。他在一九〇六年遷移到芬蘭大公國。

薩米爾欽在返回俄羅斯後，開始創作小說。他在一九一一年第二次被逮捕和流放，但在一九一三年獲得赦免。接下來的一年中，他因創作故事《在世界的盡頭》被判誹謗俄羅斯帝國軍隊。他也繼續投稿至支持馬克思主義報紙。

畢業後，擔任俄羅斯帝國海軍的工程師。一九一六年，他被派往英國監督破冰船建造，住在泰恩河畔新堡一段時間。

後來，他回憶說「我在英國建造船舶，看過城堡廢墟，聽過德國齊柏林飛船投擲炸彈的重擊聲，並創作《島民》。我很遺憾沒有看到二月革命，只知道十月革命。這好像我從未談過戀愛，但是在一個早上醒來後發現自己已經結婚十年了。」

薩米爾欽在一九一七年俄國革命後，編輯幾種刊物，並編輯傑克·倫敦、歐·亨利、赫伯特·喬治·威爾斯和其他作家的俄語翻譯作品。薩米爾欽最初支持十月革命，但反對緊隨其後增加的審查制度。

他的作品越來越諷刺蘇聯共產黨。雖然他支持他們的思想，但之後薩米爾欽逐漸反對他們的政策，特別是關於審查制度。薩米爾欽在一九二一年散文中寫道「我很害怕，眞正的文學只能依靠狂人、隱士、異端、夢想家、叛亂分子和異議分子來創作而存在，而非通過政府官員。」一九二〇年代，這種態度使他的地位遭遇困難。一九二三年，薩米爾欽安排小說《我們》的手稿走私到紐約市。之後《我們》被翻譯成英語，於一九二四年出版。

然後，薩米爾欽在一九二七年走私俄文文本給斯洛尼姆（一八九四～一九七六）、布拉格的俄羅斯流亡期刊和出版社編輯。薩米爾欽與西方出版商的交易引起蘇聯政府大規模撻伐他。因此薩米爾欽在家鄉被列入黑名單。

《我們》經常被視爲針對蘇聯極權國家的政治諷刺，然而還有許多其他看法出現。赫胥黎在一九六二年寫給克里斯多福・柯林斯的的一封信說，赫胥黎創作《美麗新世界》是受到赫伯特・喬治・威爾斯反烏托邦小說的影響。《我們》在一九九四年獲得自由意志論者未來主義協會普羅米修斯獎。

薩米爾欽也創作一些短篇小說，內容包含對於共產主義意識形態的諷刺、批判。有些故事情節與英國作家傑羅姆・克拉普卡・傑羅姆作品非常相似，他的作品於一九一七年前曾三度於俄羅斯出版。

薩米爾欽的代表作《我們》直接影響喬治·歐威爾的小說《一九八四》、艾茵·蘭德的小說《頌歌》（Anthem）、娥蘇拉·勒瑰恩的《一無所有》、赫胥黎的小說《美麗新世界》和庫爾特·馮內古特的小說《鋼琴演奏者》等等。

記事一

提要：公告。

最英明的線。

史詩。

現在，我僅將登載在今天《國家報》上的公告逐字抄錄如下：

一百二十天後，「一統號」①太空船即將竣工。偉大的歷史時刻即將到來——第一艘「一統號」飛船即將騰空飛入太空。一年前，你們英雄的祖先征服了全球，建立了大一統王國。現在，你們面臨更光榮的任務：你們的玻璃電動飛船，將噴射著火焰，奔向宇宙。它將對宇宙的無窮方程式求得積分，大一統。你們面臨的任務是將其他星球上的未知的生物置於理性的良性束縛之下——他們可能至今仍生活在自由的蠻荒時代。如果他們無法理解我們帶給他們的數學計算般精確的幸福，我們有責任強制他們成為幸福者。但是在使用武力之前，我們先使用文字語言。

在此，僅以造福主的名義向大一統王國全體號民公告如下：凡有能力者，均有義務撰寫專題論文、史詩、宣言、頌歌和其他形式的創作，對美好和偉大的大一統王國進行論述和歌頌。

這些作品，將由一統號首批載入宇宙空間。

大一統王國萬歲，號碼群眾萬歲，造福主萬歲！

當我寫這篇記事時，激動得兩頰發燙。的確，我們應對浩瀚的宇宙方程求得積分，一統。是的，我們應該將不文明的曲線，按正切漸近線，按直線糾正過來，因爲大一統王國的線是直線。而最英明的線就是偉大而完美、準確而英明的直線。

我是號碼 D-503 的號民，是一統號的設計師。我只是大一統王國的一個數學家。我的這支寫慣了數字的禿筆，創作不出悅耳而富於音韻的樂章。我只能將我的所見所聞實錄下來，將我的看法，確切些說，將我們的看法想法記錄下來（的確是我們。好吧，就讓我這部記事錄也以《我們》來命名吧）。但是它不過是我們的生活，大一統王國數字般完美的生活所派生的一個導數。既然如此，它自然就是一部史詩，不以我的意志爲轉移。它必將是一部史詩。對此我堅信不移。

在寫這篇記事時，我興奮得兩頰飛紅。也許，這就像一個女人初次聽到肚子裡尚未睜眼的小生命的搏動。這是我，同時又不是我。我將以我的精力、我的心血月復一月地滋養它，孕育它。然後，忍痛地把它從軀體上撕裂下來，敬獻給大一統王國。

但我已準備這樣去做，就像所有的號民（或者說，幾乎所有的號民）一樣。我已經準備就緒了。

注：

① Интеграл，原義為「積分」，轉義為「一統」、「整體」，故可譯為「積分號」太空船或「一統號」太空船，表示對星球進行一統化、整體化的征服。

記事二

提要：芭蕾舞。
和諧的四方形。
未知數X。

春天從綠色大牆外面，我們所看不到的野地裡，春風送來了甜蜜的黃色花粉。這甜蜜的花粉使人嘴唇發乾，你不停地想用舌頭舔它。看來，路上任何一個女性的嘴唇也是甜蜜的（當然，男性也不例外）。這多少有些妨礙到邏輯思維。

但是，天空卻不然！一片湛藍，連一絲雲彩都沒有（古代人的鑒賞力眞不可理喻。那種被吹噓得天花亂墜的團團霧氣，多麼奇形怪狀又毫無秩序。他們的詩人竟能從中獲得靈感）。我只愛今天這樣經過消毒的、完美無瑕的天空。如果我說，我們只愛這樣的天空。我相信決沒說錯。在這樣的日子裡，整個世界彷彿都是用最堅固的、永世長存的玻璃燒鑄成的，就像那道綠色大牆和我們所有的建築物。在這些日子，你可以看到這藍色世界的最深處，可以看到它們至今無人知曉的令人驚歎的方程式，這些你可以在最普通、最習以爲常的事物中見到。

就以下面這件事爲例吧。今天早上，我正在「一統號」飛船站工作，突然我發現眼前的工作母機十分清楚：車床的調速飛球不停地旋轉著，一個個閉著眼睛，忘我地勤奮地轉呀轉；亮閃閃的曲柄歪來扭去地轉著圈；平衡器神氣活現地晃動著肩膀；鑽頭在無聲音樂節拍伴奏下一升一降。在淺藍色太陽照耀下，我突然間發現了這龐然大物的機械式的芭蕾舞的全然之美。

接下來，必然會問，何謂美？爲什麼舞蹈是美的？回答是：因爲這是非自由的運動，因爲舞蹈的全部深刻意義正在於絕對的審美服從，在於理想的非自由狀態。如果說我們的祖先，在生活最富靈感的時候，也曾沉浸於舞蹈中（例如，在秘密宗教儀式和軍事檢閱儀式上），這只說明，自古以來人類就具有非自由的自然屬性，而我們在今天的生活中，只是有意識地……

今天的記事來不及寫完，只好以後再補寫了。因爲顯示機喀嚓響了。我抬眼一看，顯示機上閃現著O-90——當然是她囉。再過半分鐘，她就會來這兒，找我出去散步。

可愛的O！我總覺得她長得像她的名字O，她的身高比母性標準矮十公分，所以整個形體都顯得圓滾滾的。她的嘴也是一個粉紅色的O——總是張大著聆聽我說的每一句話。此外，她手腕上還鼓著一道胖乎乎的肉褶，就像孩子的手。

她進來的時候，我腦袋裡的邏輯飛輪還在嗡嗡地旋轉，由於慣性作用，我只能和她談談我剛才得出來的想法，其中也談到了我們（今人和古人）的機器和舞蹈。

「妙極了，您說是嗎？」我問道。

「是的，妙極了。春天來了。」O-90臉上漾起一個粉紅色的微笑。

你瞧，春天！她說的竟然是春天。女人家嘛……我不再往下說了。

下面大街上熙熙攘攘，因爲碰到這樣的好天氣，我們都將午飯後一小時的個人活動時間，用來散步。像往常一樣，這時音樂機器的銅管齊鳴，吹奏著《大一統王國進行曲》。成百上千身著淺藍色制服[1]的號民們，整整齊齊地四人一排，如沐春風一般，有節奏地在街上走。每個男號民和女號民胸前都別著一枚金色的國家編碼的號碼牌。而我——我們，四人一排是這波浪層迭的巨大洪流中的一道波浪。我左邊是O-90（這篇記事，如果由一千年前，我們那些汗毛濃重的某位祖先來執筆，他大概會可笑地稱她是

「我的」女人）；我右邊是兩個不認識的號民：一男一女。

天空藍得可愛，每個號碼牌上映著一個小小的太陽，還有一張思想純正、毫無邪念的面孔。不知你是否能明白……這裡的光芒彷彿來自一種統一的、輝亮的、含笑的物質。而隨著鏗鏘的節拍聲：特拉——嗒——嗒姆，特拉——嗒——嗒姆，我們邁著匡啷匡啷的步伐在太陽光照射下，我們愈走愈高，直上九重藍天……

這時，又像早上在飛船站時那樣，我又彷彿生平第一次發現了周圍的一切：一條條街道都筆直筆直，玻璃馬路亮晶晶地，房子都是絕妙的透明的平行六面體居室，還有那四方形的和諧的灰藍色的佇列。我覺得，好像不是以前幾代人，而是我，正是我戰勝了古代的上帝和古老的生活，正是我創造了這一切。我就像一座高塔，不敢挪動自己的臂肘，否則房牆、屋頂、機器都會散架坍塌下來……

然後，轉眼間我倒退了好幾個世紀，從正號跳到負號。顯然，由於對比，我聯想到了在博物館中所見到的油畫：畫面上是二十世紀先祖們的一條大街，街上亂糟糟地擁擠著人群、車輪、牲畜、廣告、樹木、禽鳥和五顏六色……顏色駁雜得使人發昏。可是聽說過去確曾如此，這是可能的。我覺得這太不真實，簡直太荒誕了。我忍俊不禁，竟哈哈大笑起來。

立刻，從右邊像回聲似的也響起了笑聲。我扭過頭去，投入我眼簾的是一個陌生女人的臉和兩排潔白的牙齒，非常潔白的利齒。

「對不起，」她說，「您剛才打量四周的眼神充滿激情，就像神話中創世後第七天的上帝。我想，您一定以爲，連我也是您創造的吧。我感到很榮幸……」

她說話的時候毫無笑意，倒不妨說，還帶著某些敬意（也許她知道我是「一統號」的設計師）。但是我很納悶爲什麼在她眉頭還是眼睛裡總有一種奇特的、撩撥人的未知數X，我怎麼也捉摸不定它，不知怎樣用數字來表示。

不知爲什麼我感到發窘。我按邏輯向她解釋自己爲什麼笑，可話說得多少有些顚三倒四。還說什麼，顯而易見，今天和二十世紀截然不同，它們之間存在著不可逾越的鴻溝……「爲什麼是不可逾越的呢？（多麼潔白的牙齒！）鴻溝上可以架上橋樑嘛！您設想一下。就譬如，樂鼓、軍隊、隊伍吧，您想想，這些過去也曾有過，因此……」

「說得也是，這是不容置疑！」我大聲說。這裡是驚人的思想上的重合。她說的幾乎就是我散步前在記事中寫的一樣的文字。請注意，甚至思想也相同。這是因爲，誰也不是「單獨的一個」，而是「我們中的一個」，我們彼此何等相似……

她說：「您很肯定嗎？」

我看見了她兩道在太陽穴旁挑起的尖尖的眉梢（就像符號X上端的兩隻犄角）。我不知怎麼又慌神了，我看了看右邊，又看了看左邊……

我右邊的她，苗條、線條畢露、身材挺拔、柔韌，就像一條馬鞭。她的號碼是I-330（我現在看清了她的號碼）。左邊是O，完全是另一副模樣，身上一切都是圓的，手腕上還有一道像娃娃手上的肉褶。我們這行四人橫列最靠邊的是一個我不認識的男性號碼，身體像條雙曲線，就像字母S。我們四個人彼此各不相同……

右邊的I-330，看來已經覺察到我六神無主的目光，歎了口氣說：「唉！……」說實在的，這聲歎氣歎得正是時候。但是她臉上，也許在聲音裡卻又透露出令人費解的東西。

我一反常態聲色俱厲地說：「沒什麼可以〈唉〉的。科學在發展，如果現在不行，那麼再過五十年，一百年……這是很明白的……」

「連大家的鼻子……」

「對，包括鼻子，」我幾乎喊著說，「如果有差別，就有產生妒嫉心的基礎。……既然我的是蒜頭鼻子，而別人……」

「可是，您的鼻子倒可以說是〈古希臘式〉的呢，古時候的人都這麼說。可是您的手……別抽回去，請您伸出來，讓我看看您的手！」

我最不願意別人看我的手。手上滿是汗毛，這是不成體統的返祖現象（返回祖先的身體徵兆）。我把手伸出去，盡可能裝得無所謂地說：「像猴子的手呢。」

她看了看我的手，又看了看臉，說：「這可眞是最最希奇古怪的和絃，」她的眼睛打量著我，彷彿在掂我的分量，眉梢又顯出X上面的兩個角。

「他已登記了我，」O喜滋滋地張著粉紅色的嘴說。

她還不如少說兩句，純屬廢話。

總而言之，這個可愛的O……怎麼說呢……她對語言速度計算不準確。語言的秒速總是應該小於思想的秒速，而決不能相反。

在大街盡頭的蓄電塔上，鐘聲洪亮地敲了十七下。個人活動時間結束了。I-330和S形體的男性號民一起走了。他的臉使人肅然起敬。可是現在發現這張臉很熟悉。但在哪兒見到過？可就是記不起來。

分手的時候，I又那麼莫測高深地對我微微笑了笑，說道：「後天有便請來112號講演廳。」

我聳了聳肩膀說：「如果通知我的正好是去您所說的那個講演廳的話……」

真讓人奇怪，她回答得十分有把握：「您會收到通知單的。」

這個女人使我感到反感和不快，彷彿她是一個偶然鑽進方程式裡的無法解開的無理數。我很樂意能和可愛的O留下來兩人待在一起，儘管時間已經不多了。

我挽著她的手走過了四條街。到了街口，現在她該向右拐，我——向左轉。」我多麼想今天去您那裡，放下窗簾……今天就去，現在馬上去……」O怯生生地抬起藍瑩瑩的眼睛望著我。

她真可笑。可是我能對她說什麼呢？她昨天剛來過。她比我更清楚，我們的「性交日」最快也要到後天。這不過又是她那種「思想超前」的表現，就像給發動機超前點火一樣，有時是有害的。

我倆道別時、我兩次……不，應該精確，我吻了三次她美麗的、湛藍的、沒有一絲雲翳的眼睛。

注：

①可能源自古代的「Uniform」。——原注

記事三

提要：男式上裝。
大牆。
時間表。

我把昨天的記事，從頭到尾看了一遍。我發現，內容不夠清楚，也就是說，這一切對我們任何人來說都明明白白，但是對你們就不然了，你們，我不相識的讀者們，將要收到「一統號」送去的我的記事。但是偉大的人類文化史，也許你們也只讀到九百年前我們祖先看到的地方。很可能你們連最起碼的知識都沒有，例如什麼是守時戒律表，什麼是個人活動時間、母性標準、綠色大牆、造福主。要我來談這些，未必有些可笑，同時也使我感到爲難。就像要一位二十世紀的作家，在他小說裡解釋什麼是「男式上裝」、「套間住房」、「妻子」一樣。但是，如果他的小說要翻譯給野蠻的、尚未開化的人看，而不對「男式上裝」作注釋，那是行不通的。

我可以肯定，野蠻人瞅著「男式上裝」，心裡不免會琢磨：「這有啥用？不過是個累贅。」我覺得，如果我告訴你們，自從二百年大戰後，我們誰也沒有走出過綠色大牆，你們也會像野蠻人一樣感到莫名其妙。

但是，親愛的讀者們，你們應該多少動動腦筋，這對你們會有好處的。如所周知，我們所瞭解的整個人類歷史，就是一部由遊牧生活逐漸過渡到定居生活的歷史。難道不應從中得出下面的結論嗎？

那就是，最少變動的定居生活方式（我們的），同時也就是最完美的生活方式（我們的）。人們在大地上東流西竄，這只是史前時期的情況。那時還存在著不同的民族、大大小小的戰爭和形形色色的商業經濟，並且還發現了兩個美洲大陸。但是，如今誰還需要這些？又有什麼意義？我認爲，對這種定居生活並非一朝一夕、輕輕鬆鬆就能習慣的。

在二百年大戰期間，所有的道路都被破壞，遍地荒草。城市被無法通行的綠色密林，一個個分隔開。開始的時候，很可能生活在這樣的城市裡很不方便，但是又怎麼樣呢？人的尾巴在脫落以後，大概開始時沒了尾巴，他並沒有立刻學會怎樣驅趕蒼蠅的。無疑，開始的時候，他因為沒了尾巴很發愁。可是現在你們能設想自己有一條尾巴嗎？或者，你們能想像自己光著身子，不穿「男式上裝」在街上走嗎？（可能你們還穿著「上裝」散步呢）這裡的道理也是一樣的：我不能設想哪個城市可以不圍上綠色大牆，我不能想像，沒有莊嚴的數字守時戒律表的生活會是什麼樣的。

守時戒律表……此刻它正掛在我房間牆上，它金底紅字，既威嚴又含情脈脈地望著我。我不由得想起古人稱之為「聖像」之物，我不禁想要吟詩或祈禱（兩者都一樣），唉，為什麼我不是個詩人呢，否則我就可以對你作一番光榮的禮贊。啊，守時戒律表啊，大一統王國的心臟和脈搏！

當我們還是孩子在學校念書時（也許你們也如此），我們都讀過古代文學中那篇流傳至今的最偉大的文獻：《鐵路時刻表》。

但是如果把它和我們的守時戒律表放在一起你們就會發現，一個只是石墨，一個則是金剛石，雖然它們都是元素C——碳，但金剛石卻晶光閃亮，透剔晶瑩，價值永恆。當你們急匆匆地啪啪翻閱《火車時刻表》的時候，你們誰不激動得喘不過氣來。但是守時戒律表卻真正把我們每個人都變成了偉大史詩中的六輪鋼鐵英雄。

每天早晨，我們幾百萬人像六輪機器一樣準確：在同一小時、同一分鐘，像一個人似的一齊起床。在同一小時，幾百萬人一齊開始工作，又一齊結束工作。我們融合成一個有百萬隻手的統一的身軀，在守時戒律表規定的同一秒鐘，把飯勺送進嘴裡，在同一秒鐘出去散步，然後去講演廳、去泰勒[①]訓練大廳，最後回去睡覺……

我可以完全直言不諱地說，關於幸福的命題，我們也還沒有絕對正確的答案。統一的巨大機體，一天中有兩次（16點到17點，21點到22點）分散爲單個個體細胞。這些時間就是守時戒律表所規定的個人時間。

這些時間裡，你們可以觀察到，有些人房間裡的窗簾聖潔地放了下來，另一些人步伐整齊地在《進行曲》洪亮樂聲伴奏下在大街上行走，還有一些人就像我現在這樣，坐在書桌旁寫東西。任人管我叫理想主義者也罷，幻想家也罷，但是我堅信，或早或晚總有一天，在我們的總公式中，這些時間會占一席位置，總有一天這86400秒全都會納入守時戒律表。

我曾從書本上看到，也聽說過不少關於古代人的種種奇談怪論。當時他們還生活在自由之中，也就是說還生活在無組織的、野蠻的情況下。使我一直感到困惑不解的是：當時的國家政權（儘管還不成熟，怎麼允許人們生活中沒有我們這樣的守時戒律表，沒有必要的散步，對用餐時間不作精確的安排，任人自由地起床、睡覺。有的史學家甚至談到，當時好像街上燈火徹夜不滅，行人車馬通宵達旦。

對此我實在無法理解。雖然他們智慧有限，但他們總應該明白，這樣的生活是眞正的全民性大屠殺，只不過是慢性的，是日積月累的。國家（出於人道主義）有禁令不准殺害某一個人，但是卻沒有禁令把數百萬人弄得半死不活。殺死一個人，是從人口壽命總和中減少五十歲，這是犯罪行爲；可是使人口壽命總和減少五千萬歲，卻不構成犯罪。你們瞧，這難道不可笑嗎？這則數學道德演算題，我們任何一個十歲的號碼，半分鐘就可演算出來。

他們就不行，把他們的康德（1724-1804 德國哲學家）們都請出來也不行。因爲沒有哪個康德會想到要建立科學倫理學體系，也即以加減乘除爲基礎的科學倫理學體系。

這個國家（竟敢自詡爲國家！）對性生活放任不管——這豈非咄咄怪事：不管是誰，在什麼時候，進行多少次……都悉聽尊便。完全不按科學行事，活像動物。他們也和動物一樣，盲目地隨便生娃娃。眞讓人覺得可笑！他們懂得園藝學、養雞學、魚類養殖學（我們有確鑿可靠的材料，證明他們有這方面的知識），可是他們沒有按邏輯發展程式發展到最後的領域——嬰兒生育學。沒有考慮要制定我們的母性標準和父性標準。

多麼可笑，多麼離奇！我剛寫下這些，卻又感到擔心：你們這些我不相識的讀者們，會不會突然以為我在開玩笑，在惡作劇。

你們會不會以為我不過是想嘲笑你們，而裝出一副正經的樣子，說出了一些荒唐透頂的怪事。

但是首先要說明的是，開玩笑我並不擅長，因為任何玩笑總隱含著謊言的成分；其次，大一統王國科學已經證實，古代人生活確實如此，而大一統王國科學是絕對正確的。再說，如果人們還生活在自由之中，也即處於野獸、猴群和畜群的狀態，國家邏輯的水準從何談起呢。即使在我們的時代，在汗毛濃厚的號民的內心深處，還時而能聽到猴子野性的回聲。怎麼能苛求於他們呢！

幸好這種回聲僅僅是偶然現象，只是機器零件無足輕重的故障，易於修復，不必中斷整部機器偉大的、永恆的運轉。如果要卸掉已變形的螺栓，我們有大思主熟練的鐵手，鐵指，我們有護衛隊人員訓練有素的眼睛……

噢，附帶寫一筆。

現在我想起來了：昨天見到的那個雙曲線的S，我好像有一次見他從護衛隊裡出來。現在我才明白，為什麼我對他懷有一種本能的尊敬，而當舉止奇怪的I當著他面……我覺得有些尷尬。應該說，這個I……
睡覺鈴響了。22點半。明天見。

注：

①泰勒（1856-1915）美國發明家、工程師，曾創造泰勒制工業管理制度，其要點是，仔細觀察每一名工人勞動，儘量減少在操作中浪費的時間和多餘的動作，藉以大幅度提高生產效率。

記事四

提要：有晴雨計的野蠻人。
癲癇（羊癲風）。
假如。

迄今為止，我對生活中的一切都明明白白（大概我之所以常愛用「明白」這兩個字，不是沒有原因的）。可是今天……我卻糊塗了。

第一：我真的收到了一張去112號講演廳的通知單，就像她那天說的，雖說可能性只是一千萬分之一千五百，也就是等於二萬分之三（一千五百是講演廳的數目，一千萬是號碼的數目）。第二……不過還是依次敘述為好。

講演廳。這是個巨大的半圓形建築，是用又厚又沉的玻璃砌建的，太陽光照得滿屋都是。四周圍坐著一圈圈尊貴的圓球似的光腦袋。我不無激動地向四周看了看。我大概是想看看，在這一片藍制服的海洋裡，會不會有O的粉紅色的月牙兒嘴。咦，我看到有一副潔白而鋒利的牙齒，倒像……哦不，不對。今天晚上21點O要來我這裡。希望在這裡遇到她，這才完全合乎情理。

鈴響了。我們起立，唱《大一統王國國歌》。接著，在講演臺上出現了一位錄音講演員[1]，他全身披著擴音機的金光，滿嘴幽默俏皮地說道：「尊敬的號民們！不久前，考古學家們發掘出了一本二十世紀的書。那位幽默作家在書中談到了野蠻人和晴雨計。野蠻人發現，每當晴雨計停在「雨」字上的時候，確實就會下雨。野蠻人正想求雨，他就把晴雨計中的水銀弄出來些，使晴雨計正好停在「雨」字上（螢幕上映出一個帶著羽毛夾飾的野蠻人，正在摳水銀。一陣哄笑）。你們覺得可笑。但是難道你們不覺得那個時代的歐洲人更可笑嗎？歐洲人和野蠻人一樣也要求〈雨〉，但這裡的雨是特殊的雨，是代數意義的雨。可是他只會可憐巴巴地站在晴雨計前，一籌莫展。野蠻人至少比他還多些勇氣、幹勁和邏輯性（雖說是野蠻邏輯）。因爲他做出了判斷，知道結果與原因是有聯繫的。他把水銀弄出來，也就使他在那通向偉大的征程上，邁出了第一步……」

我坐在講演廳裡，可是有一陣子我已聽而不聞（我再次重申：我一切如實記錄，沒有任何隱瞞），儘管講演員講得生動有趣，滔滔不絕。突然我覺得自己沒有必要來這裡（爲什麼「沒有必要」，既然給了我通知單，我能不來嗎？）我覺得講的都是廢話，空洞無聊。我好不容易才把注意力轉回到錄音講演員身上，這時他已開始講主要問題——談論我們的音樂和它的數學結構（數學家是因，音樂是果），開始介紹不久前發明的音樂創作機。

「……只需簡單地搖動手把，你們任何人都可以在一小時內生產出三部奏鳴曲。可是你們祖先作曲時卻非常艱難。爲了進行創作，他們要使自己的〈靈感〉激發起來，就像犯了莫名其妙的羊癲風。現在請你們來聽一段他們所創作的音樂吧，這是非常可笑的音樂，作曲家是二十世紀的斯克里亞賓。（這時臺上的帷幕拉開了，臺上放著他們一架最古老的樂器）這個黑色大箱，他們稱之爲大三角鋼琴，或稱皇室樂器。這件樂器也說明了，他們整個音樂水準有多……」

下面錄音講演員的講話內容，我又沒記住，很可能因爲……得了，我就直截了當地說吧：因爲這時候 I-330 走到了「鋼琴」大黑箱跟前。大概，她的突然出現，使我簡直大吃一驚。

她身著古代稀奇古怪的服裝。黑色的長裙緊裹著身子，使她的裸露的雙肩和前胸襯托得分外白皙。隨著呼吸，她胸前那道暖融融的、埋在……之間的乳溝也隨之起伏……還有那一口白得耀眼、幾乎不懷好意的牙齒……

她臉上漾起一個微笑，就像一根尖刺，紮進胸膛，刺在心上。

她坐下開始演奏。音樂是野性的，瘋狂的，光怪陸離，就像他們當時的生活，沒有一絲理智的機械性。我周圍的人都笑了，當然他們笑得有道理，只有少數人例外……可是爲什麼我也……

我——我怎麼啦？嗯……羊癲風……精神病——疼痛……我被蜇了一下，感到一陣輕微的、甜絲絲的疼痛，但願蜇得深些，厲害些。現在，慢慢地升起了太陽。但這不是我們的太陽，不是那個透過玻璃牆磚的光線均勻的藍晶晶的太陽。這個太陽是野性的太陽，它轉動著，燃燒著，要把身上的一切都甩下來砸成粉碎。

坐在我右邊的一個號民，斜睨了我一眼，嘻嘻冷笑了一聲。

不知怎麼回事，他的模樣我記得好清楚：我看見一個小小的唾沫星子冒出在他嘴唇上，破了。這個唾沫星子一下子使我清醒了過來。我——又是原來的我。

我和大家一樣，聽到的只是敲打琴鍵的不成體統的、匆促雜亂的叮叮噹噹的聲音。我笑了。我又變得很輕鬆，很單純。那位天才的錄音講演員把野蠻時代描繪得太生動了——不必再多費口舌了。

後來，爲了進行對比，最後演奏了當代音樂。當我欣賞我們當代音樂時，眞感到美不勝收。廳裡迴響起了水晶般清亮的無窮無盡的半音音階，它們時而集中，時而散落；流湧著泰勒．馬克洛連[2]公式的綜合和音；振盪著畢達哥拉斯的短褲[3]全音二次方的低沉渾厚的轉調；低回著滯緩振盪的憂鬱的旋律；還可聽到隨著休止的弗朗和費[4]譜線條而變換的（行星光譜分析）的鮮明節奏……多麼偉大的音樂！它的規律堅如磐石！而古代人的恣肆任意、自由不羈的音樂，除了狂野的妄想，別無其他，他們的音樂多麼渺小可憐……

像往常一樣，大家又排成四人一列，整整齊齊地從玻璃講演廳寬大的門裡走出來。我身旁閃過一個熟悉的雙曲線身影。我彬彬有禮地向他行禮致意。

再過一小時可愛的O就該到了。我覺得很激動，是一種愉快而有益身心的激動。回到家，我趕緊跑到辦事處，把一張粉紅色的票子交給值班人員。她給我一張下窗簾的證明。我們只有在性活動日，才有權放下窗簾。平時，生活在四壁透明的、彷彿是空氣織成的玻璃房裡，我們一切活動都暴露在光天化日之下，誰都可以看得清清楚楚。我們彼此也沒有什麼可以隱瞞。

此外，這樣也可以減輕護衛隊人員光榮而又繁重的勞動。否則，少不了會惹出麻煩。可能，正是古代人那奇怪的、不透亮的住房形成了他們可憐的、狹隘的個人心理。「我的（sic!）⑤房子是我的堡壘。」真虧他們想得出！

22點，我放下窗簾，正巧在這個時候，O微喘著進屋來了。她迎我送過來粉紅的小嘴和一張粉紅的票子。我扯下票根，而我的嘴卻沒法從她那粉紅的嘴唇上扯開去，直到最後一分鐘——22點15分。

後來，我給她看我的《記事錄》，還和她談了會兒話。好像談得挺不錯，什麼正方形和立方體之美呀，什麼直線之美呀。她聽著聽著，臉上泛起迷人的玫瑰色的紅暈——突然她的藍眼睛裡掉下一滴眼淚，接著又一滴，又一滴。正好就掉在我打開的稿頁（第7頁）上。藍墨水化開了——沒辦法，我得重抄一遍。

「親愛的D，只要您願意，我希望……」

「希望什麼？」希望什麼呀？又是她想要個孩子的老話題。也許要說什麼別的新問題，要說那個女人？雖說好像……不可能，這也未免太荒唐了。

注：

①這是一架播音機器人。

②馬克洛連（1689-1746）蘇格蘭數學家，著有數學分析、曲線理論和力學等方面著作。

③畢達哥拉斯的短褲，是學生對畢達哥拉斯定理（畢氏定理）的諢稱，因為把定理劃出來很像一條短褲。

④弗朗和費（1787-1826）德國光學家，發現太陽光譜的黑線。

⑤拉丁文，意為「原文如此」（置放於括弧內，表示前面的字或敘述，縱然不妥，但仍照原文引用）。

記事五

提要：正方形。世界的主宰。愉快又有益的功能。

又不對了。我不相識的讀者們，我和你們談著談著，好像你們也是……比方說，你是我的老朋友R-13。他是個詩人，嘴唇厚得像黑人，誰都知道他。可是你們卻生活在月球、金星、火星和水星上，誰也不認識你們，不知道你們在哪兒，是些什麼人。

你們設想一下：有一個正方形，一個活生生的、絕妙的正方形。它需要談談自己，談談自己的生活。你們也明白，正方形最少想到要去談論自己四個角是相等的：它壓根兒就看不到這些，因為天天見，習以為常，也就視而不見了。我也總是處於這種正方形的狀態下。比如，就拿粉紅票子和與它相關的那些事來說吧，它們對我來說不過是正方形四角相等現象，但對你們來說可能比牛頓的二項式定理更難理解。

聽我往下說：古代有位哲人說過一句很有道理的話（當然是很偶然的）：「主宰世界的是愛情和饑餓。」εrgo①，人想統治世界，就應該控制世界的主宰。我們的祖先付出了巨大的代價最後才征服了饑餓，我指的是偉大的二百年戰爭，也即城市和鄉村的戰爭。大概，出於宗教的偏見，野蠻的基督徒牢牢抓住自己的「麵包」②不肯放手。但是，在大一統王國建立前35年，就發明了我們目前的石油食物。的確，地球上只有十分之二的人活下來，但因此地球表面倒清除了千年垃圾而變得光潔明亮了，而這十分之二的人在大一統王國的瓊樓玉宇裡過上了好日子。

但是歡樂和嫉妒不過是「幸福」的百分比的分子和分母——這是很明白的。如果在我們生活中還有引起嫉妒的根由，那麼在二百年大戰中無數人的犧牲有什麼意義呢！然而嫉妒的根由還存在，因爲還有「蒜頭鼻子」和「希臘式鼻子」之分（上次散步時我們曾談到過），因爲有的人有許多愛慕和追求者，而有的人卻誰也不愛。

不言而喻，大一統王國制伏了饑餓之後（代數的饑餓外在物質福利的總和），就開始向世界的另一個主宰愛情宣戰。最後這種本能也被戰勝，也就是說，它被組織起來，進行了數位化處理。於是，三百多年前就頒佈了我們具有歷史意義的《Lexsexu-alis》③。按此法典「每一個號民——作爲性的產物對任何一個號民，享有權利。」

至於具體辦法，那就是技術性問題了。先由性管理局的化驗室對號民們作全面檢查，準確確定血液中性激數的含量，據此制訂出相應的性活動日期表。然後你們就可以提出申報，自己在哪些日子裡願意和某某或某某號民發生性關係，並有權得到一個粉紅票子小本子。至此就萬事大吉了。

這樣就清楚了：不再存在任何嫉妒的理由，幸福分數的分母變成了零，而分子變成了絕妙的無窮大。對古代人來說，曾經釀成無數極其荒唐的悲劇的愛情，在我們時代已成爲和諧、愉快又有益於機體生理功能。它像做夢、體力勞動、吃飯、排泄等其他功能一樣。

由此可見，邏輯的偉大力量能夠使它所涉足的一切得到淨化。啊，如果你們，我不相識的讀者們，也能來體驗一下這奇妙的功能，如果你們也能師承此道，並一以貫之，那該多好！

……好奇怪哦！今天我筆下寫的是人類歷史的頂峰成就，呼吸的是高山最清新的思想空氣，可是我心上卻陰霾多雲，像蒙上了蜘蛛網一般，還壓著交叉的四隻爪子未知數

X。也許，這就是我的爪子，因爲我那兩隻毛茸茸的手總在我眼前晃來晃去。

我不願意談起它們。也不喜歡它們——這是野蠻時代留下的痕蹟。難道在我身上眞的還有……

我想把這些都劃掉，它們超出了我提要的範圍。但是後來我又決定保留。就讓我的記事像最精確的地震儀，把我腦子裡最細微的震顫也彎彎曲曲地記錄下來。因爲有時正是這種震顫預兆著未來的……

這可眞是胡言亂語了，眞應該把它塗了去，因爲一切自然力量和本能都被我們納入了軌道，不可能發生任何意外的災禍。

現在我完全明白了，剛才我心裡感到奇怪，這一切都源於我所處的正方形狀態，關於這一點開頭我已談到過。而在我心裡並不存在X（這不可能）。我只是爲你們擔心，我的不相識的讀者們，會不會有什麼X盤踞在你們心上。但是我相信，你們不會苛求於我。我相信，你們會體諒我，知道我很難下筆。

人類歷史上還沒有哪位作家比我更爲難吧！有的作家爲同時代人創作，有的作家——爲了留諸後世，但從未有過哪位作家爲祖先寫作，或爲那些和遠古祖先同樣蒙昧的生靈……

注：

①拉丁語，通常用於表示「所以嘛」，帶有較強的恢諧語氣。

②這個字至今仍用作文學比喻，因為它的化學成分我們並不清楚。——原注

③拉丁語，意為《性法典》。

記事六

提要：意外事件。該死的「明白」。24小時。

我再次重申：我認為毫不隱諱地創作，是我的義務。所以，我不得不在此遺憾地指出：我們的生活——連定型化、固定化都還沒完成——這是顯而易見的。我們離開理想境界還有一定距離。理想境界——就是不發生任何意外（這是很明白的），但是在我們生活裡……瞧，眞讓人無可奈何，今天我在《國家報》上竟讀到一則消息說，兩天後將在「立方體」廣場舉行審判大典。

一定是哪個號民又破壞了偉大的國家機器的運行，又發生了沒有預見到的、沒有預先計算出來的意外事件。

除了上面所說的意外事件，我也出了點意外。雖說事情發生在個人時間內，也就是說發生在專門爲意外而安排的時間內，但還是……

16點左右（準確些說，是差10分16點），當時我在家裡。突然電話鈴響了：「您是D-503嗎？」是個女人的聲音。

「是的。」

「您有空嗎？」

「有空。」

「我是I-330。我現在馬上飛去找您一起去參觀古宅。您同意嗎？」

I-330……這個I總使我惱火，我討厭她，幾乎有點怕她。但正因爲如此，我就對她說，我同意去。

五分鐘以後，我們已經坐在飛船上了。五月湛藍的天空就像彩釉陶瓷一般。明亮輕盈的太陽坐在它自己的金燦燦的飛船裡，跟在我們後面，嗡嗡響著，不超過我們，也不落下。但在我們前方，飄浮著白翳似的雲朵，胖乎乎的模樣怪可笑，倒像古代丘比特的臉頰。這朵雲也令人不安。飛船前艙艙蓋已經推起，風吹得嘴唇發乾，你不由得老想去舔它，還不斷地想到嘴唇。

現在，已經可以看見大牆外遠遠的一塊塊模糊的綠地。接著，不由自主地感到心裡微微發緊。我們在降落，往下，再往下，彷彿正從陡峭的山坡上往下滑落……現在我們已經到了古宅門前。

這是一幢奇特的、沒有窗戶的破朽舊屋。整幢房子都蓋在一個玻璃罩子裡，如果不這樣它肯定早就坍塌了。玻璃門旁有個老太太，她滿臉皺紋，嘴巴四周更是佈滿了密密麻麻的大褶小褶，嘴唇已經癟了進去。嘴好像已被皺紋封死，簡直沒法相信她會張口說話。可是她還真說起話來了。

「怎麼啦，親愛的，你們想來看看我的房子？」她的皺紋都放出了光芒（這裡的意思大致是，她的皺紋都是放射狀形態的，所以讓人覺得皺紋「放出了光芒」）。

「是的，老奶奶，又想來看看呢！」I對她說。

皺紋又輝亮起來：「多好的太陽！你又怎麼啦？嗨，真淘氣！嗨，真淘氣！我可知道，我明白！得了，你們自己去吧，我還是在這兒曬曬太陽舒服些……」

嗯……看來我這位女伴常來這裡。我總覺得心裡想擺脫什麼東西，可是又甩不掉，到底有什麼東西在礙事——大概還是那塊浮在藍色彩釉天幕上的白雲，總在眼前縈繞不去吧。

當我們從寬闊的、幽暗的樓梯上樓時，I說道：「我愛她——這位老奶奶。」

「愛她什麼？」

「我也不知道。可能……愛她的嘴巴。可能沒有什麼道理，愛她就是了。」

我聳了聳肩。她還在往下說，帶著些微的笑意——也可能根本沒笑：「我覺得這是很不對的，很明白，不應該〈爲愛而愛〉，而應該〈爲某理由而愛〉。一切自然本性都應該……」

「很明白……」我正想往下說，可是，我馬上發現自己說了「明白」這兩個字。我偷覷了I一眼：不知她聽見沒有？

她眼睛朝下望著，眼瞼像窗簾似的放了下來。

我腦子裡浮現出夜晚的情景：22點左右，當你走在大街上，你可以看見，在燈火通明的玻璃方格之中有一些是放下窗簾的黑方格——在窗簾後面……那麼在她的眼瞼後面是什麼呢？爲什麼今天她要打電話來？這一切都是爲了什麼？

我吱呀地推開了一扇沉甸甸的不透明的門，我們走進了一個昏暗的、亂糟糟的住處（這是古人所謂的「套間住房」）。裡面有一台以前曾見過的最奇形怪狀的「皇室的」

樂器，還有雜亂的、毫無秩序、瘋狂的色彩和線條——就像那次我聽到的音樂一樣。上面是白色的平面，四周是深藍的牆壁，擺著五顏六色書皮的古舊書籍——有紅的、綠的、橙黃的；還有黃銅枝形燭臺、銅佛像；傢俱的線條歪歪扭扭像發羊癲風似的，沒有一條線條能列入方程式。

這種混亂情景我簡直難以忍受。但是我的女伴看來身體素質比我強許多。

「這是我最喜愛的套間……」突然她好像想起了什麼，露出一個蜇人的微笑和一口潔白鋒利的牙齒，「應該說，這個套間是這些套間中最荒誕不經的。」

「也許說它是〈王國〉更確切，而不是什麼〈套間〉，」我更正她說，「是無數個微型的永遠充滿戰亂的、殘忍的王國，就像……」

「嗯，很明白……」顯然她說得很嚴肅。

我們穿過一間房間，這裡放著幾張兒童小床（在那個時代，孩子也歸私人所有）。前面，又是一個個房間、亮晶晶的鏡子、陰沉沉的櫃子、花裡胡哨得叫人受不了的沙發、碩大的「壁爐」，還有一張紅木大床。在這裡，我們的現代透明的永久性優質玻璃，只被用來做不起眼的、易碎的方窗玻璃。

「眞難以想像，在這裡人們竟〈爲愛而愛〉，他們愛得發狂，爲愛情而受折磨……

（她眼睛上的窗簾又垂下了）。人類精力如此消耗實在太不明智。我說得對嗎？」

她好像在替我說話，說的都是我的想法。但在她的微笑中總流露出一個刺激人的X。她眼瞼後面總好像有些什麼，可是我又弄不明白。這使我快按捺不住了。我眞想和她爭論一番，大聲向她嚷嚷（眞要這樣），但是我不能不同意，不可能不同意啊。

我們在鏡子前停了下來。這時候，我看到的只是她的兩隻眼睛。我腦子裡閃過一個念頭，我想：其實人的構造也和這些荒唐的「套間住房」一樣，夠怪的，人的頭部是不透明的，只開著兩扇小小的窗戶——眼睛……她彷彿猜到了我的想法，朝我轉過臉來。「瞧吧，這是我的眼睛。怎麼樣呢？」（這些話她當然沒有說出來）。我眼前是兩扇黑幽幽的窗戶，裡面是完全陌生的另一種生活。我只看到有火光，是那裡一個「壁爐」的熊熊爐火，還有人影在晃動，好像是……

這當然很自然，我看見的是自已的影子。但是我覺得不自然，也不像我（顯然，周圍的環境使我感到壓抑）。我明顯地感到恐懼，好像被人逮住了，並關進了奇怪的籠子裡。我彷彿被古代生活狂野的旋風捲進了漩渦中。

「怎麼樣，」I說，「請您到隔壁房間去待一會兒？」她的聲音是從黑幽幽眼睛後面，生著壁爐的那兒傳出來的。

我走進另一間房間，坐下。牆架上有一個古代詩人的頭像（好像是普希金），不勻稱的臉上長著個翹鼻頭。他直勾勾地看著我，似笑非笑。我幹嗎坐在這兒，老老實實看著他半笑不笑的模樣？這一切究竟是怎麼回事？爲什麼我要到這裡來？怎麼竟落到如此荒唐的地步？這個刺激我、使我反感的女人，這場莫名其妙的把戲……

她那間屋裡櫃子門砰地響了一聲，隱約聽到絲質衣服悉悉簌簌的響聲，我眞想跑到她那裡去到底要去幹什麼，我記不太清了，大概是想狠狠地罵她一頓，可是我總算忍住了沒去。

她倒已經從屋裡出來了。身上穿著一件古色古香的明黃色短裙，頭戴一頂寬邊黑色呢帽，腳上穿著黑色長統襪。裙子是薄綢料的，所以我看得很清楚，襪子很長，過膝頭一大截。她裸露著頸胸，還有那道在……之間的乳溝……

「顯然，您是想別出心裁，但是難道您……」

I打斷了我的話：「很清楚，別出心裁就是與衆不同。因此，別出心裁就意味著打破平衡……古代人愚蠢地稱之爲〈甘居平庸〉的，對我們來說就是〈履行義務〉。因爲……」

「說的是，說得對！正是這樣，」我忍不住了「您何必……」

她走到翹鼻子詩人雕像前，又垂下眼瞼，遮住了眼睛那兩扇窗戶裡面的野性的火光。她又開口說話了。這次她態度很嚴肅（也許想讓我變得平靜些），講得簡直頭頭是道：「過去的人怎麼竟能容忍這樣的詩人！您不覺得奇怪嗎？他們不僅容忍他們，還佩服得五體投地。眞是奴才思想！我說得對嗎？」

「很明白……我的意思是說……（這討厭極了的〈明白〉！）」

「嗯，我懂。可是，實際上他們是比皇帝更爲強有力的主宰。可是，爲什麼那些皇帝不把他們關起來，消滅掉？在我們國家……」

「是啊，在我們國家……」我還沒說幾個字，她突然哈哈大笑——我只是看見她在笑：那是一條激越高昂、像鞭子般柔韌的笑的曲線。

我記得，當時我渾身發顫。我想揪住它——但我記不清了……反正我需要幹點什麼。這時，我下意識地打開自己金黃色的號碼牌，看了看表：17點差10分。

「您不覺得已經該走了嗎？」我盡可能彬彬有禮地說。

「如果我想請您和我一起留在這兒呢？」

「您聽我說，您知道自己說的是什麼嗎？10分鐘以後，我必須到講演廳去……」

「……所有號民都有義務修讀藝術和科學必修基礎課程……」I說出了我要說的

話。然後她拉起窗簾——抬起眼。黑幽幽的眼睛裡面壁爐仍火光熊熊。「在衛生局有個醫生，他登記了我。如果我去求他，他會給您開病假條，證明您有病。怎麼樣？」

我懂了。現在我才明白，她這套把戲的目的何在！

「原來是這樣！告訴您，我作爲一個誠實的號民，老實說，應該立刻去護衛隊並且……」

「如果不老實說呢？」又是一個蜇人的微笑，「我非常想知道，您是去護衛隊還是不去？」

「您不走？」我伸手捏住門把；它是銅的，我的聲音聽起來也像是銅的。

「稍等一會兒……可以嗎？」

她走到電話機旁。叫了一個號碼。當時我太激動，竟沒記住這個號碼。她大聲說：「我在古宅等您。對，是的，就我一個人……」

我擰動了冷冰冰的銅把：「您允許我用飛船嗎？」

「哦，那當然！請吧……」

門口，老太太坐在太陽光下打瞌睡，就像一株植物。她那密不透風被皺紋封死的嘴又張開了，我又不禁暗暗稱奇。她說：「您的那位，怎麼，她一個人留下了？」

「一個人。」

老太太的嘴又合上了。她搖了搖腦袋。看來，連她那已經開始衰退的腦子都明白，這女人幹的事是荒唐的，危險的。

正17點，我已經在聽課了。這時不知怎麼，我突然意識到，剛才我對老太婆說了謊：I現在不是一個人在那兒。我並非有意，但卻騙了老太太。大概正是這件事使我難受得都沒法集中精力聽課。是啊，她不是一個人在那兒——問題就在這兒……

21點半以後，我有一小時自由支配時間。今天就可以去護衛隊報案。但經歷了這麼件荒唐事之後，我覺得十分疲倦。再說，只要兩晝夜之內去報案都是合法的。明天去也不遲，還有整整24小時呢！

記事七

提要：一根眼睫毛。
泰勒。
天仙子草和鈴蘭草。

夜。周圍有綠的、火紅的、藍的各種顏色；還有一架紅色的「皇室的」樂器和桔黃色的連衣裙。過一會兒，又看見一尊佛像，突然它抬起了銅眼皮，從佛眼裡流出液計來；桔黃色的連衣裙也滲出液汁來，鏡面上流淌著一滴滴的液汁，大床也往外滲液汁，還有兒童床……現在我自己也……感到一陣甜蜜得要命的恐怖……

夢醒了。屋裡滿是柔和的淺藍的光。牆玻璃、玻璃椅子、玻璃桌子都在閃閃發亮。這使我平靜下來，心不再怦怦狂跳。液汁、佛像……怎麼這麼荒誕不經？很明白：我病了。以前我從不做夢。

據古代人說，做夢是最普通和最正常的現象。可不是嗎，他們整個生活中都可怕地旋轉著五光十色：有綠的、棕紅的，有佛像，有液體。可是我們認為夢是很嚴重的精神性疾病。我也知道，在此之前，我的腦子是一台被調校得十分精確的、纖塵不染的閃亮的機器，可是現在……眞的，現在我確實感到腦子裡進了個什麼異物，就像眼睛裡掉進了一根很細的睫毛。你感到全身都正常，可是那隻落進了眼睫毛的眼睛——你一秒鐘也忘不了人……

床頭響起了清脆、響亮的鈴聲：7點，該起床了。透過左邊和右邊的玻璃牆望出去，我彷彿看見的就是我自己、自己的房間、自己的衣服和重複過上千次的動作。當你看到自己是一個強大的統一體的組成部分時，你會感到振奮。整齊劃一的手勢、彎腰、轉身——多麼準確的美啊。

的確，那位泰勒無疑是古人中最偉大的天才。然而，他沒有想到要把他的管理方法推廣到全部生活領域中去，推廣到生活的每一步驟，整整24小時中去。他沒能把他的體系從一小時到二十四小時都進行一統化處理。但是不管怎麼說，雖然有關比如康德他們寫了整整好幾個圖書館的書，總算發現了泰勒這個天才預見到了十世紀以後的世界的未卜先知。

早飯結束了。齊聲唱完《大一統王國國歌》。然後四人一列整整齊齊地向電梯走去。耳朵裡響著馬達輕微的嗡嗡聲——人很快地往下降落，往下，往下，心微微有些發緊……

這時，突然不知怎麼又浮現了那個荒誕的夢，也許是夢留下的模糊印象。噢，對了，昨天在飛船上，也曾有過同樣的降落。不過，這件事已經過去，結束了。我對她態度很堅決，毫不猶豫，我做得很對。

我坐在地下鐵道的車廂裡，急急趕往一統號。典雅端莊的飛船停在裝配臺上，還沒有點火。它凝然不動地在陽光下閃閃發光。我閉目思考著公式：我又一次心算著飛船沖出地球時所需的初速。每一秒的最小數值的變化，都會引起一統號巨大重量的變化，由於爆炸，原料隨之在消耗。反應式非常複雜，超越的大小、數量都必須計算在內。

當我正沉浸於嚴謹的數學世界中，朦朧中覺得有人在我旁邊坐下，他輕輕碰了我一下，說了聲「對不起」。

我微微睜開眼。開始時（由於一統號產生的聯想）我似乎看見有個東西疾速地向遠處飛去；那是個飛動著的腦袋，因爲它支棱著兩隻粉紅色的招風耳朵。然後又看見後腦勺自上而下的曲線和雙曲線的駝背——像字母S……

透過我代數世界的玻璃，我又感到了那根眼睫毛。我心中感到不快，我今天應該去……

「沒關係，沒關係，不必介意，」我對坐在旁邊的人笑了笑，向他點頭致意。他胸前的金屬號牌上閃現著S-4711幾個字（這是可以理解的，因爲他第一次出現時，我就把他和S聯繫起來了——那是無意識的視覺印象）。他炯炯的目光朝我投來一瞥，射出兩根尖利的芒刺，飛快旋轉著朝我鑽進來，愈鑽愈深，眼看就要鑽到最深層，這時，他就會看到那些對我自己也還不敢……

突然，我恍然大悟，原來那根眼睫毛是護衛隊人員。現在可以來個快刀斷麻，不再拖延，馬上就把事情全告訴他。

「我，是這麼回事，昨天去了古宅……」我的聲音好怪，又扁又平。我想咳嗽幾下清清喉嚨。

「這有什麼關係，挺好嘛。從那兒的材料裡可以得出很有意義的結論。」

「可是，您明白嗎，我不是一個人去的，我是陪I-330去的，所以……」

「I-330？我爲您感到高興。她是個很有才氣的、很有意思的女性。崇拜她的人可不少。」

……哦，對了，那次散步不是也有他嗎，也許，他甚至登記的就是她？不，不能對他說，絕對不行——這是很明白的。

「您說得對，正是這樣！確實如此！很對，」我微笑著，臉上笑容愈堆愈多，樣子愈來愈蠢。我覺得臉上的微笑讓我像赤身裸體一般，醜態百出……

他那兩根芒刺一直鑽到我心底，然後又飛旋著退出來，回到他眼睛裡。S摸稜兩可地笑了笑，向我點了點頭，很快已經到了門口。

我用報紙擋著臉讀報（我覺得大家都在看我），很快我就忘記了眼睫毛、芒刺和其他——報上的一則消息使我十分激動，其中有一小段這樣寫著：「根據可靠情報，我們又發現一個至今尚未查獲的組織的線索，此組織的目的在於要從〈王國〉的仁厚恩德的枷鎖下獲得解放。」

「解放？」眞奇怪，人類犯罪的本能竟如此有生命力。我稱它爲「犯罪的本能」是有道理的：自由和犯罪緊密不可分地相聯繫著……就像飛船的飛行和它的速度。飛船速度等於零，那它就不能飛。人的自由等於零，那麼他就不會去犯罪。這是很明白的。

要使人不去犯罪，惟一的辦法，就是把人從自由中解放出來。我們剛剛得到解放

（從宇宙範疇來說，幾個世紀當然不過是「剛剛而已」），竟又突然冒出這種可憐的白癡來……

我眞不明白，爲什麼我沒有立即——就在昨天，去護衛隊。

今天16點以後非去不可……

16點10分我上了街。在街口馬上就看見了O。她見到我高興得滿臉粉紅。「嗯，她的頭腦是個簡單的圓環。我正需要這樣。她會理解我，支持我的。」……不過，也不必：我不需要別人支援，我主意已經拿定。

音樂機器的銅管齊聲吹奏著《進行曲》，就是那支每天重複的《進行曲》。在「每天的」、「重複的」、「明白如鏡的」這些概念中蘊藏著多少難以言傳的魅力啊！

O抓住了我的手。

「散步去吧，」她兩隻圓圓的藍眼睛睜得大大的瞧著我。這是兩扇藍色的通往內心的窗戶。我可以暢行無阻地長驅直入，因爲裡面空空如也，也就是說，那裡不相干的、不應有的東西一概沒有。

「不，不去散步。我需要去……」我告訴她要去哪兒。她的模樣使我大吃一驚：那粉紅色的圓嘴變成了一道粉紅的彎月，嘴角往下耷拉著，好像晚了什麼酸倒牙的東西。

我一下子就火了。

「你們這些女性號民，我看，都讓偏見害得無可救藥了。你們完全不會抽象思維。請原諒，但這簡直就是麻木。」

「您要去找特務……呸，不說了！可是我剛才在植物館給您採了一枝鈴蘭……」

「您爲什麼要說〈可是我〉，爲什麼要用〈可是〉這兩個字呢？眞是女人氣。」我憤憤地（我承認自己不對）奪過她的鈴蘭。「這就是您的鈴蘭？您聞聞，香吧，啊？您哪怕多少有一點兒邏輯頭腦也好嘛。鈴蘭有香氣，嗯，是這樣。可是你不能就氣味談氣味，不能就氣味的〈概念〉來說好或壞。您不能這樣說吧，嗯，是不是？有鈴蘭的香氣，也有天仙子草的臭氣，兩者都是氣味。古代國家有過特務，我們國家也有……特務——我不怕說這兩個字。但是事情很明白，那時候的特務是天仙子草，現在我們國家的特務是鈴蘭。的的確確是鈴蘭！」

她那粉紅的月牙兒般的嘴唇索索發抖，像要笑。現在我才明白，這只是我當時的印象。可是當時我確實以爲她要笑了。於是，我的嗓門提得更高了：「對，是鈴蘭。這有什麼可笑的，沒有什麼可笑的。」

一個個光球似的腦袋從我們身邊過去，然後又回過頭來看我們。O親昵地挽住我的手說：「您今天怎麼有點……您是不是病了？」

夢……黃顏色……佛像……這時我馬上明白了：我應該去衛生局。

「是的，我確實病了，」我說，心裡非常高興（這是完全無法解釋的矛盾，其實我根本沒有什麼可高興的）。「那您現在就該去看醫生。您當然也明白，您必須是個健康人，向您解釋其中的道理是可笑的。」

「親愛的O，您說的當然對，絕對正確！」

我沒有去護衛隊，因爲沒辦法，我得去衛生局。在那裡一直耽擱到17點。

而晚上，（其實這已經無所謂了，晚上那裡已經關門下班），晚上O來我這裡。窗簾沒有放下。我們演算著一本古老的習題集的算術。這很能使腦子安靜下來，達到淨化的目的。O-90坐在那裡在練習本裡演算，向左歪著腦袋，舌頭頂著左頰，正冥思苦想。她滿臉孩子氣，眞讓人著迷。這時候我感覺自己很好，什麼都明明白白，簡簡單單……

她走了。剩我一個人。我深呼吸了兩口氣（臨睡前深呼吸對健康極爲有益）。突然，我意外地聞到一股香氣，它使我想起某件極不愉快的事……很快我就找到了藏在被褥裡的鈴蘭。頃刻之間，我感到五內翻騰，情緒奔湧。她這樣做簡直太有失檢點，怎麼能偷偷把鈴蘭放在這兒。是的，我沒去護衛隊。可是，我病了嘛，這不是我的過錯。

記事八

提要：不盡根

R-13

三角形。

我第一次碰到$\sqrt{-1}$，那是很久以前的事，還在小學裡。當時的情景我記得非常清楚，就像刻在腦子裡一般：在一間明亮的球形大廳裡，坐著幾百個腦袋圓圓的小男孩，前面是我們的數學老師普利亞帕①。普利亞帕是我們給它取的外號，因爲它實在太舊了，機體都鬆了。每次值日生在它背上插上插頭時，擴音機開始總是「普利亞－普利亞——嘶……」地響一陣，然後才開始講課。一天，普利亞帕講授無理數。我記得，我流著淚用拳頭捶著桌子哭喊著說：「我不要$\sqrt{-1}$！把我腦子裡的$\sqrt{-1}$揪出去！」

這個除不盡的符號就像別人的、可怕的異物，在我的腦子裡生了根，它使我痛苦之極，我弄不明白它，沒法制伏它——因爲它是得不出 ratio[2]的，是除不盡的。

現在又碰到了這個√－1。我翻閱了自己的記事手稿。我明白了，僅僅爲了避開√－1我要花招，欺騙自己，什麼生病等等，都是一派胡言。如果事情發生在一星期以前，我會去那兒的，我知道，我會毫不猶豫地去。爲什麼現在……爲什麼？

今天又這樣。正16點10分，我已經站在亮晶晶的玻璃牆前面了。頭上護衛隊那塊牌子上的字母，在黃燦燦的太陽光下明光鋥亮。透過玻璃牆往裡瞧，只見裡面遠遠地排著一列穿灰藍色制服的長蛇陣。他們的臉部發出幽幽的藍光，就像古代教堂裡點著的長明燈。他們來這裡都負有重大使命：他們來向大一統王國敬獻忠心——獻出自己心愛的人、自己的朋友，甚至自己。而我急著也要去他們那兒，和他們站在一起。然而我又做不到，兩隻腳牢牢地和下面的玻璃板面焊住了，我站在那裡，傻兮兮地望著，一步也挪動不了……

「喂，數學家，想得出神啦？」

我嚇了一哆嗦。我眼前是一對烏黑鋥亮閃著笑意的眼睛和黑人般的厚嘴唇。這是詩人R-13，我的老朋友，和他在一起的是粉紅色的O。我生氣地扭過頭去。我想，要不是他們來礙事，我最終會把腦袋裡的那個√－1連血帶肉地揪出來——就進護衛隊去了。

「與其說想得出神，還不如說欣賞得出神，」我毫不客氣。

「那當然，那當然！我最最親愛的朋友，您還不如不當數學家，當個詩人呢！眞的，和我們詩人到一起來吧，啊？怎麼樣，您要願意，我三下兩下就幫您辦好，怎麼樣？」

R-13說話像放連珠炮，話從兩片厚嘴唇裡劈劈啪啪地往外噴，到處是唾沫星子，每逢說到送氣的輔音字母，口水濺得活像噴泉。

「我是搞學問的，將來也這樣，」我皺著眉頭說，我不喜歡開「牆是一切有人性的東西的基礎……」我議論了起來……

R噗哧噴出一串唾沫，O也笑得圓中透出粉紅色來。我甩了一下手：你們笑去吧，我無所謂，我顧不上這些。我需要往腦子裡塡點東西，把這可惡的√－1壓下去。

「你們看怎麼樣，」我繼續往下說，「咱們一起去我那兒坐坐，算幾道算術題（我想起了昨天那寧靜的時刻，也許今天也能這樣）。」

O看了看R，眼睛睜得圓圓地看了看我，意思很明白，臉頰上微微泛起一層溫情脈脈的、令人心醉的粉紅色，就像我們票子的顏色。

「可是，今天我……今天我的票子登記的是去他那兒，」她朝R點了點腦袋，「可是他晚上有事……所以……」

O，是這樣吧？對您的算術題我可興趣不大，還不如上我那兒去坐坐吧。」

R濕潤的亮晶晶的嘴唇，憨厚地翕動著：「那有什麼關係，我和她半小時就夠了。

我害怕自己一個人待著。也許確切地說，我害怕和新的我待在一起，他對我是陌生的，彷彿只是由於奇怪的巧合，也用了我的號碼D-503。於是我就去R那裡了。其實，他既缺乏科學的精密，也缺乏詩的音韻，他的邏輯是顛倒的、可笑的，但是我們還是朋友嘛。三年前，我和他同時都選了這個可愛的、粉紅色的O，不是沒有好處的。這使我們之間的關係，比在學校時代，更密切。

後來，我們到了R的房間。他那裡的一切和我屋裡都一模一樣：守時戒律表、玻璃軟椅和桌子、玻璃櫃子和床。但是，當R一進屋，就挪動了一張圈椅，接著又一張——屋裡的平面圖形發生了移位，一切都離開了原來規定的模式，破壞了歐幾里得幾何公理。R還是老樣子，一點也沒變。要用泰勒管理法和數學來衡量，他總是個劣等生。

我們回想起了老普利亞帕。那時我們這群男孩子常常在他的玻璃腿上，貼滿了表示感謝的紙條（我們很愛普利亞帕）。還想起了法律課老師[3]。我們這位法律課老師嗓門特別大，揚聲器裡總送出一陣陣風來。我們這些孩子拔直了喉嚨跟著他念課文。有一天，天不怕地不怕的R-13，在喇叭裡塞了些揉皺的紙團（每次念課文時，從喇叭裡就飛出紙團來）。R當然受了懲罰，他幹得也太離譜了。可是現在我們哈哈大笑。我們三個人都笑了，當然我也在其中。

「要是它像古代人那樣是個活人，那會怎麼樣？那就會……」

R說到這兒，兩片厚嘴唇劈劈啪啪又送出一陣唾沫……

太陽透過天花板和四壁照進屋來。上面，左右兩側都是陽光，下面是太陽的反光。O坐在R-13的膝蓋上，她兩隻藍眼睛也閃著太陽小小的光點。我身上的冷氣趕跑了，不再心煩，$\sqrt{-1}$也平靜了下來，不再動彈了……

「您的一統號怎麼樣了？我們很快就要飛到別的星球上，去啓蒙那兒的居民了吧，啊？趕緊吧，快點吧！要不然我們詩人會給你們寫下許多許多詩，連您的一統號也載不動囉。每天8點到11點……」R笑了笑，撓了撓後腦勺他的後腦勺像個捆在後面的四方的小手提箱，使人想起古代的一幅畫——《在馬車上》。

我又活躍起來了：「哦，您也在爲一統號寫詩？您說說都寫了些什麼？比如，就說今天吧。」

「今天，沒寫什麼。我去忙了別的事……」他說到這兒又噴我一臉唾沫。

「什麼別的事？」

R皺起了眉頭：「您一定要問，就告訴您吧，嗯，是寫一份判決書，用詩的形式寫的，被處決的還是我們的一位詩人。一個精神不正常的白癡……兩年來一直待在你身旁，相安無事。突然把你嚇一跳，他說什麼：〈我是天才，天才比法律更高〉。還胡亂寫了不少東西……唉！說這有什麼意思……」

R的厚嘴唇耷拉了下來，眼裡的光澤也沒有了。R-13倏地站起來，轉過身，眼睛透過玻璃朝外面凝視著。我看著他後腦勺那緊鎖著的小箱子，心想，這會兒他在那個小箱子翻騰什麼呀？

接著，我們很彆扭地、很不自然地沉默了片刻。我不明白，這是怎麼回事，但覺得其中是有原因的。

「很幸運，出現類似莎士比亞、杜思妥耶夫斯基或其他作家的太古時代已經結束了。」我故意提高嗓門說。

R轉過臉來，他的話又像剛才那樣滔滔不絕地向外噴湧著，但我覺得，他眼睛已失去了快活的神情。

「您說得對，我親愛的數學家，我們很幸運，很幸運啊！我們是最幸運的算術平均數……就像我們所謂的：從零到無限大，從小小病患者到莎士比亞進行積分化，一統化……就是如此！」

不知怎麼我突然想起了那個女號民，想起了她說話的口吻。

在她和R之間連著一條很細的線（什麼線呢？）。這時候想到這些，眞不是時候。我腦子裡的$\sqrt{-1}$又開始活動了。我打開號碼牌小盒看了看，16點25分。他們粉紅票上的時間只剩下45分了。

「我該走了……」我吻了吻O，和R握手告別後，就朝電梯走去。

在大街上，當我已經橫過馬路走到對面時，才回頭看了看那幢在夕照中明亮的玻璃大樓。現在都一塊塊放下了不透明的灰藍色窗——一律的泰勒式的幸福小方格。我的目光在七層樓找到了R-13的小方格，那裡已經放下了窗簾。

親愛的O……親愛的R……在R身上也有（不知爲什麼我要寫上這個「也」字？聽其自然，愛怎麼寫就怎麼寫吧），他身上也有某種我不太明白的東西。反正，我、他和O——我們構成了個三角形，雖然不是等腰三角形，但反正是個三角形。我們，如果用我們祖先的語言來說（這種語言，也許對你們星球的讀者來說，更容易理解），我們是一個家庭。有時能在這裡休息一下，把自己關進這簡單的、牢靠的三角形內避開外部的一切……哪怕時間不久，也令人感到欣慰。

注：

① 是機器人。

② 拉丁語：比值、比率。

③ 當然，這裡指的不是古代人的「神學課」，而是大一統王國的法律。——原注（俄語中，神學課教師與法律課教師是同一個詞，但意思不同。——譯注

記事九

提要：大祭。

抑揚格和揚抑格。

鐵腕。

這是盛大而又光輝的日子。這幾天，你會忘記自己的弱點、不精確性和疾病，一切就像我們嶄新的玻璃那樣，透明堅實，永恆不變。

立方體廣場。廣場上有66個同心圓的觀眾台，坐著66排號民，他們的臉泛著安詳的清輝，眼睛裡映著天光（也許是大一統王國的光輝）。那猩紅似血的花，是女號民的嘴唇。前幾排，緊挨著立方體高臺的，是一串串嬌嫩的花帶，那是孩子們的臉。四周靜謐，深邃，嚴峻，彷彿是哥特式建築的肅穆氣氛。

據留傳的資料判斷，古代人的祈禱儀式，與我們的大祭有相似之處。但是他們膜拜的是他們荒唐的、不為世人所知的上帝，而我們膜拜的是不荒唐的、十分明確的上帝。他們的上帝除了讓他們永無止境地痛苦探索外，什麼也沒恩賜給他們，他們的上帝只是莫名其妙地犧牲了自己，舍此別無更好的辦法。我們奉獻給我們上帝大一統王國的卻是平靜的、深思熟慮的理性祭物。這是大一統王國最盛大的祭典，是對二百年大戰殘酷歲月的回憶，是全體對個人，是總和對個人取得勝利的莊嚴節日……

現在，在灑滿陽光的立方體高臺的臺階上站著一個號民。他臉色蒼白……甚至不能說蒼白，而是沒有顏色，如同玻璃一般，還有玻璃般的嘴唇，唯有兩隻眼睛黑森森，彷彿連那個即將來臨的可怕的世界，他的雙眼也要吸入，吞噬下去。他胸前的金色號碼牌已被摘除。兩隻手用火紅的帶子捆住（這是古代習俗，看來只能這樣來解釋：古時候，並不是以大一統王國名義進行這項活動的，被判罪的人當然覺得有權反抗，所以他們的手一般用鐵鍊銬住）。在上面，在立方體高臺上，在機器旁端坐著一個凝然不動、彷彿是金屬鑄成的身軀，他就是我們的造福主。從下面朝上看，他的臉模糊不清，只能看到嚴厲、肅穆的方方正正的臉部輪廓。

但是他的兩隻手……由於離得很近，看起來很大，人們的注意力都被它們吸引了過去，把其他一切都擋住了——照片上有時也有同樣的情況。這一雙沉甸甸的手，眼下還安詳地放在膝蓋上，很明顯，這是兩隻鐵石巨掌，膝蓋有點承受不住它們的重量……

突然，一隻巨手慢慢抬了起來，緩慢又沉重地做了個手勢。

於是，觀衆臺上的一個號民就遵照手勢發出的命令，走上立方體高臺。他是大一統王國的一位詩人。今天將榮幸地向大祭慶典獻上自己的詩歌。接著，全場迴響起美妙的黃銅般錚錚有聲的詩句。句句都指向那個玻璃眼睛的狂人。他正站在臺階上，等待自己狂妄的終局。

……一片火海。在激越的誦詩聲中，房屋搖搖欲墜，騰起黃色火焰，牆垣倒塌了。綠色的樹幹在烈火中痙攣，流淌出滴滴樹液……最後只剩下一些焦黑的枯枝和殘垣。但是普羅米修斯降臨了（當然是我們），於是：

「火焰被鎖住，趕進機器，鑄進鋼鐵，
渾沌的世界在法律鏈鎖中凝固。」

一個新的世界誕生了，一切如鋼似鐵：鋼鑄的太陽、鋼鑄的森林、鋼鑄的人們……

突然來了個狂人，「打開鎖鏈放出了火」，於是世界又開始遭殃……

很遺憾，我總記不住詩。我只記得，沒有比這裡的意象更完美，更富教育意義。

那沉甸甸的鐵石巨掌又慢慢做了個手勢。立方體高臺的臺階上又出現了一個詩人。我差點沒有欠起身來，難道這是眞的嗎？但眼前確實是他那黑人般的厚嘴唇，這是他……他爲什麼不早說，他負有如此偉大使命……他嘴唇索索抖著，變成了灰色。

我能理解，因爲他正站在造福主面前，在護衛隊全體人員面前；不過即使這樣，也不必如此激動嘛……

揚抑格的詩句急促、乾脆，就像用利斧砍削出來一般。詩中述說的是聞所未聞的罪惡，他竟寫了褻瀆造福主的詩篇，稱他爲……不不，我不敢在這裡重複這些話語。

R-13臉色蒼白，目不旁視地走下臺來，坐下。（我沒想到他竟如此靦腆）。在他臉旁突然忽閃過另一張臉，是一個尖尖的黑三角，它出現了只一秒鐘的最小的微分時間，立刻就消失了。此時，我的眼睛以及數千雙眼睛的目光，都向上投向了機器。那隻非人的鐵腕第三次又做了個手勢。只見囚徒在勁風中搖晃著慢慢往立方體高臺上走去。他跨上一個臺階，再一個臺階……現在是他生命最後的一步了。他到達了生命終結的安息地，頭後仰著，臉望著蒼穹。

像命運一般沉重的鐵石造福主，在機器四周繞了一圈，把巨掌放在操縱杆上……全場鴉雀無聲，四面八方齊刷刷地把目光投向這隻巨掌。作為相當於幾十萬電壓的工具，他會感到火焰般強烈的感情，他負有多麼偉大的使命！

這一秒鐘長得無法計算。巨掌壓下操縱杆，電流通了。明晃晃的鋒利的刀刃，彷彿只顫動了一下，機器管道裡發出極其輕微的喀嚓聲，一股輕煙籠罩了這個攤開雙手的身軀。眼看著他以駭人的速度消融著，頃刻之間歸於滅絕。只剩下一攤具有化學成分潔淨的液體。僅僅一分鐘前，這攤液體還是心臟裡湧動的鮮紅的血液……

這一切都很簡單，我們每個人都瞭解。這不過是物質的分解，不過是人體原子的分裂。但是它每次都奇蹟般地象徵地顯示著造福主非人的偉力。

在上面，面對著造福主，是十個女號民紅彤彤的臉，她們都激動地半張著嘴……還有一些在微風中拂動的鮮花[①]。

按照以往的習慣，這十個女人在造福主身上那件血漬未乾的制服上飾上鮮花以示慶賀。大思主像最高司祭那樣，莊嚴肅穆地慢步跨下臺階，緩緩地從觀衆台中通過。他所過之處女人們都高舉著如林的玉臂歡迎他，萬衆齊聲歡呼，猶如狂濤一般。然後，人們又向護衛隊全體人員同樣地歡呼致敬。現在他們正坐在觀衆臺上，就在我們身旁，但是我們看不見他們。誰知道，也許古代人所幻想的未來人類，正是這種護衛隊人員——既體貼又嚴厲的大天使，每個人從你一出生他們就伴隨左右，不離不棄。

整個祭典儀式，有些像古代宗教儀式，有時又像雷雨和風景一般能使人得到淨化。有幸讀到我的這段描繪的人們，不知你們曾否有過這種體驗？如果你們還未曾領略過的話，那我認爲你們是很可憐的……

注：

①這些鮮花當然是從植物博物館搬來的。我個人並不覺得花美。凡屬於野蠻世界的東西，早已被趕到綠色大牆外面，它們都不美。只有理性的、有益的東西才是美的。例如，機器、靴子、公式、食物等等。——原注

記事十

提要：信。

音響振動膜片①。
毛茸茸的我。

　　昨天對我來說是一張過濾紙，就是化學家們用來過濾化學液體的濾紙。所有的懸浮粒子，所有的無用物質都被濾層截留在這紙面上。第二天早上，我下樓時，覺得自己蒸餾得乾乾淨淨，純正透明。

　　樓下前廳裡，小桌後面坐著一位女檢票員，不時看看表，登記著進來的號民。她的名字叫Ю……不過最好還是別寫她的號碼，因爲我擔心會寫下她的什麼醜聞。其實她是個很讓人敬重的上了年紀的女人。惟一令人感到不快的是，她兩頰有些下墜，活像魚鰓

（其實這也沒什麼可奇怪的！）她的筆吱扭一響，我一看：紙上寫下了 D-503，旁邊還滴了個墨水漬。

我剛想提意見，可是她突然抬起頭來，朝我甜甜一笑——朝我也灑了個墨水漬。

「有您的信。嗯。親愛的，您會收到的。是的，您會收到的。」

我知道，她讀過的信，還應該送護衛隊（我想，這是不言而喻的程式，不必多費唇舌），12點以前我會收到信的。但是，她那甜甜的微笑使我感到很不自在。她灑來的墨滴，把我身上純正透明的液體攪渾了。這對我干擾竟如此厲害，後來我在一統號施工現場工作時，怎麼也無法集中思想。一次甚至把資料都算錯了，這是從未有過的事。

12點，我又看見了紅褐色的魚鰓和甜膩的微笑。信最後到了我的手裡。不知為什麼，我沒就在那兒看信，而揣進了口袋，然後就急忙回屋裡去了。拆開信封，眼睛很快地溜了一遍，然後才坐下來……這是份正式通知，上面寫著：I-330 登記了我，今天21點我應該去她那裡——下面是地址……

不對，我已經一清二楚向她表明了我的態度，在此之後，怎麼可能呢！再說她還不知道，我是否去過護衛隊，因為她也無從知道我病了——反正我沒能去成……儘管……我腦袋裡像有台發電機在轉動，嗡嗡地響。佛像、黃顏色、鈴蘭、粉紅的月牙兒……對了，還有呢，還有件事呢：今天O要來我這兒。能給她看這張與I-330有關的通知單嗎？我想，她不會相信我與此事毫不相干，我完全是……（確實很難讓人相信）。但我相信，肯定我們之間會有一場十分費勁的、荒唐的、絕對無邏輯的對話……不，可千萬別這樣，還不如採取機械的辦法，乾脆就寄她一份通知單的複製件。

我急匆匆地把通知單塞進兜裡——這時我瞅見了自己那隻怕人的猴子手。我記得，那次I和我散步時曾拿起我的手看過難道她真的……

21點差15分。白夜。四周是綠瑩瑩的玻璃世界。可是這不是我們的那種真正的玻璃，是另一種脆性玻璃，一種薄薄的玻璃罩。罩子下邊一切都在旋轉、疾馳、嗡嗡作響……如果現在講演廳的圓頂蓋像團團煙霧似的慢慢飛升；那已經不年輕的月亮（就像今天早上坐在小桌後面的那個女人那樣）像灑墨水漬似的嫣然一笑；所有房間裡的窗簾都馬上刷刷地落下來，而窗簾後面……這一切都不會使我感到驚奇……

眞奇怪，我覺得自己的肋骨是一根根鐵條，挺礙事，簡直妨礙了我的心臟，擠得它都沒地方了。我正站在一個玻璃門旁，上面寫的是金色號碼I-330。

I背朝我，正伏案埋頭寫什麼。我進了屋……

「這是票子……」我遞過去一張粉紅票子。「今天我接到了通知，所以就來了。」

「您很認眞嘛！稍等一下，可以嗎？請先坐一坐，我這就好了。」

她又垂下眼寫信。在那垂下的眼瞼後面是什麼？再過一秒鐘她會說些什麼，要幹什麼呢？這怎麼能知道呢，怎麼能計算出來呢，因爲她自己就來自那個夢幻中的野蠻的古代世界。

我靜靜地看著她。肋骨像一根根鐵條，擠得厲害……每回說話的時候，她的臉就像飛速轉動著的閃亮的車輪，很難看清輪上的輻條。可是現在輪子不在轉。我眼前的是一個奇特的線條結構：兩條在太陽穴旁高高挑起的黛眉，構成一個嘲諷的尖三角，從鼻端到嘴角有兩道很深的皺紋，構成一個角尖朝上的三角。這兩個三角相互對峙著，在整個臉上劃上了一個像十字架似的大叉，一個令人感到不快、刺激人的X。輪子開始轉動了，輻條轉動著連成一片……

「看來您沒去護衛隊吧？」

「我去了……我沒能去，我病了。」

「哦。我就知道，總會有什麼事使您沒去成，至於是什麼事倒無所謂（露出尖利的牙，微微一笑）。可現在您可捏在我手裡了。您還記得吧：〈任何號碼如果48小時內隱情不向護衛隊報告，將被認爲是……」

我的心撲通一跳——肋骨的鐵條都擠彎了。我簡直是個孩子，傻得就像個孩子，上她當了。我傻呆呆地一聲不吭。我覺得自己落進了一張網裡，用手扯用腳踹都無濟於事……

她站起身來，伸了個懶腰。她按了一下鍵鈕，屋牆四周的窗簾輕輕地喁喁響著垂了下來。我和外界隔斷了——只單獨和她待在一起。

I站我背後的櫃子旁，悉悉簌簌地脫下制服——我聽著，全神貫注地聽著。突然我想起了一件事……不，它只是一閃念，只出現了0.01秒的時間……

不久前，曾讓我計算過一種新型街道音響振動膜片的頻率（現在這些外觀精美的膜片已在所有的街道上爲護衛隊服務——將人們的街談巷議錄下音來）。我記得，安裝在裡面的粉紅色的振動薄膜是一隻奇特的耳朵。現在我正是這樣的膜片。

現在她領口上的按扣吧嗒一聲扯開了——接著是胸上的，然後再往下。玻璃絲織品簌簌響著滑過肩膀、膝蓋，落到地板上。

現在我聽見（這比用眼看更清楚）從淺灰藍的那堆絲質衣服裡，跨出一條腿來，然後又跨出另一條腿……

繃得緊緊的膜片在索索發顫，記錄著這裡悄無聲息的一切。

不，記錄的是心臟不斷一下下撞擊在鐵條上噹噹聲。我聽見——我看見：她在我背後思忖了一秒鐘。

現在是櫃門的聲音，又有個什麼蓋子碰響了，接著又是絲質衣服悉悉簌簌……

「好了，請吧。」

我轉過身去。她穿著一件飄飄然的杏黃色的古式衣裙。她穿上這件衣服，比不穿時還要可惡一千倍。薄薄的衣服後面尖尖地聳起兩個尖峰，像火力微弱的兩塊煤，泛出粉紅的顏色，還有兩個圓圓的柔嫩的膝蓋……

她坐在一張低低的軟椅裡。她前面的那張方形小桌上，是一個盛著綠色毒液的小瓶和兩個高腳小酒杯。她含著一根細細的紙管，嘴角噴著煙——古時候稱這爲抽煙（現在管這叫什麼我一時記不得了）。』膜片還不停地震顫著。胸膛裡的錘子敲擊著燒得通紅的鐵條。我清晰地聽到每一聲撞擊聲……她會不會也聽到了呢？

可是，她只是神態安然地吸著煙，靜靜地不時朝我投來幾眼，漫不經心地把煙灰抖落在我的粉紅票子上。

我儘量冷靜地問她道：「我說，既然如此，您爲什麼要登記我呢？幹嗎讓我來這兒？」

她彷彿沒聽見。拿起小瓶往杯裡斟酒，呷了一口。

「眞是好酒。您來點兒？」

這時我才明白，這原來是酒。突然，昨天的情景又在腦際閃現了：造福主那隻冷冰冰的鐵石巨掌、炫目的亮閃閃的利刃，還有立方體高臺上的那個仰面攤手的軀體。我感到一陣戰慄。

我對她說：「您聽我說，您不是不知道，凡是吸食尼古丁，特別是烈酒的人，大一統王國可不輕饒……」

兩道黛眉高高挑到太陽穴——一個嘲諷的尖三角。她說：「痛快地殺掉幾個人比讓許多人自我毀滅和墮落等等，要英明些。這樣做是正確的，正確到不顧體面的地步。」

「對……到了不顧體面的地步。」

「要是有人把這些赤裸裸、光禿禿的眞理放到街上去的話……您想想吧……就拿我的那位最忠實的追求者來說吧（此人您也認識），如果他把遮醜的外衣全都脫下，讓他以眞實的模樣出現在衆人面前……您想想吧……嗅唷唷！」

她笑了起來。但我清楚地看到：她臉下端由嘴角到鼻子兩道深溝，顯出了一個悲傷的三角形。看著這兩道深溝，我不知怎麼就明白過來了，那個雙曲線的招風耳駝子把她樓在懷裡時，她就是這副模樣的……他……

話又說回來，這裡我不過是儘量想把當時我的不正常的感覺描述出來。現在當我寫這些的時候，我的意識很清楚：一切都應該如此，他作爲一個誠實的號民，也有享受生活歡樂的平等權利，否則就不公平……這是很明白的……

I笑得挺怪，笑了好久。然後，她神情專注地看了我一眼，目光一直鑽透我的心：「我和您在一起很放心，這很重要。您太可愛了，噢，我深信，您不會去護衛隊告我，說我喝酒，抽煙。您也許會生病，也許會很忙，也許還有別的什麼原因。此外，我相信，現在您會和我一起喝下這迷人的毒酒……」

她那嘲諷的口吻多麼放肆。我清楚地感到，我現在又要恨她了。不過，爲什麼要說「現在」呢？我一直就恨她。

她把一滿杯綠色毒液都倒進了嘴裡，站起身來，走了幾步，杏黃色衣裙下面透出粉紅的肉色，在我軟椅後面站住了……

突然，她的手摟住了我的頸脖，嘴唇貼在我的嘴唇上……

不，不是貼在上面，還要深些，還要可怕些……我敢發誓，這完全出乎我的意料，也許只因爲……因爲我不可能（現在我更是十分明確），我不可能對後面發生的事有主動的要求。

嘴唇甜得發膩（我想，這是酒的甜味）……我喉嚨裡灌進一口又一口濃烈的毒液……我離開了大地，像一顆獨立的行星，瘋狂地旋轉著，沿著一條誰也沒有計算過的軌道，向下飛快地墜落……

下面我只能寫個大概，只能用多少近似的類比來描述——

以前我不知怎麼從來沒有想過，但事實正是如此：我們生活在地面上，下面是埋藏在地心的紅彤彤的沸騰的火海。但是我們從來不想到這一點。如果一旦我們腳下的薄薄的外殼變成玻璃的，突然我們看到了……

我成了玻璃人，我看到自身的內部。

出現了兩個我。一個是過去的D-503，號碼D-503，另一個……以前他只從軀殼裡稍稍探出兩隻毛茸茸的手，可是現在整個人都爬出來了，外面的軀殼裂縫了，馬上就會變得七零八落……那時候會怎麼樣呢？

我拼命想抓住根救命稻草。我抓住了軟椅的扶手，我想聽聽過去的我的聲音。我向她問道：「從哪兒……您從哪兒弄來這……這毒酒？」

「噢，這個！很簡單，有個醫生，我的一個……」

「〈我的一個〉？〈我的一個〉什麼人？」

那另外一個我，突然跳出來大聲嚷道：「我不答應！只能有我，不能有別人。誰要是……我就殺了他……因爲我愛……我愛……」

我看見，他用毛茸茸的手摟住了她，撕開了她身上的薄絲裙，用牙吮吸住她不放。我記得一清二楚，他就是用牙吮吸住的。

不知怎的，I竟脫身掙出來了。現在她的眼睛又遮上了那討厭的不透亮的窗簾。她斜倚著櫃子站在那裡，聽著我說話。

我記得，當時我跪在地上，抱住了她的腿，吻她的膝蓋，哀求說：「現在，就現在吧，馬上……」

她露出了鋒利的牙齒，眉毛挑起了尖刻譏諷的三角形。她彎下腰來，默默摘下了我的號碼牌。

「啊！親愛的，親愛的，」我手忙腳亂地扒下身上的制服。可是I還像剛才那樣一言不發地把號碼牌上的表送到我眼前。表上是22點半差5分。

我一下子涼了半截。我明白，這就是說，等我到街上時，22點半已經過了。剛才那股子狂熱一下子全都消散得無影無蹤。我仍舊是我。只有一點我很清楚：我恨她，恨她，恨極了！

我沒向她說聲再見，頭也不回地就往屋外跑。邊跑邊湊湊合合地把號碼牌別上，從備用樓梯（我怕在電梯上碰見人）一步幾級地竄到了空蕩蕩的大街。

一切都照舊：簡單，普通，正常。

眼前都是亮著燈的玻璃房子，玻璃般白蒼蒼的天彎和綠瑩瑩凝然不動的夜。但是在靜悄悄、冷絲絲的玻璃下，一種狂暴的、鮮紅的、毛茸茸的東西在無聲中奔突。我氣喘吁吁地奔跑著——可不能遲到啊！

突然，我發覺，剛才急急忙忙別在胸前的號碼牌脫鉤了，掉下來了，叮噹一聲落在人行道玻璃路面上。我彎腰去拾——這當兒有一秒鐘靜止。這時我聽到後面有腳步聲，扭頭一看：有個不高的彎腰駝背的身影正從街角那邊拐過彎來——至少當時我覺得確實看見了他。

我拼命跑了起來，只聽得風在耳旁呼呼地響。跑到門口，我停了下來，表上是22點半差1分。側耳細細聽了聽，後面沒有人。這一切顯然是荒唐的幻覺，是毒酒的作用。

夜是很難熬的。我躺的那張床一會兒升起來，一會兒降下去，又再升起來——沿著正弦曲線上上下下地浮動。我勸誡自己說：「夜裡號民們應該睡覺，這是義務，就像白天應該工作一樣。爲了白天能工作，這是必不可少的。夜裡不睡覺是犯罪行爲……」可是我還是睡不著，無法入眠。

我完了。我無法履行對大一統王國的義務……我……

注：

①指竊聽器中的膜片。

記事十一

提要：……不，

我不能。

就不寫提要吧。

傍晚。薄霧。天空矇上了一張金光燦燦的乳白色帷幕，所以看不到更高、更遠處是什麼。古人以爲，那裡是上帝，是他們最偉大的孤獨的懷疑主義者。我們知道，那裡不過是一片晶藍，光禿禿的一無所有，寒傖得可以。現在我不知道天上有什麼，我已經知道得太多了。堅信知識的正確，這就是信念。我堅信自己，我相信我瞭解自己的一切。可是現在……

我站在鏡子前。我有生以來第一次清楚、明白、清醒地看到了自己。我驚奇地發現，我好像是另一個「他」。這個我就是他：兩道濃黑的劍眉，中間是一道刀疤似的垂直的皺褶（我不記得，以前是否也有？）淺灰色的眼睛四周映著一圈因失眠而起的黑圈。在淺灰色眼睛後面……現在我才發現，原來過去我一直不知道那裡有些什麼。我從「那裡」（這個「那裡」既存在我身上，又同時存在在無限遙遠的地方），望著自己，也就是看著他。我可以肯定，那個有兩道濃黑劍眉的他，不是我，是別人，我不認識他，我是生來第一次和他相遇。而我是眞的，我不是他……

別寫了，到這兒就打住吧。所有這些都是扯淡，所有這些莫名其妙的感覺，不過是昨天中毒的後果和暗語……是中了綠色毒酒的毒，還是中了她的毒？反正都一樣。我寫下這些，目的是要讓大家看看，一個思想極爲精密的機敏的理智的人，竟會莫名其妙地神魂顚倒、暈頭轉向到如此地步。而他原來的頭腦，即使對付連古代人都怕三分的無窮大，也不在話下……

顯示機響了：顯示出了R-13幾個數字。讓他來吧，我甚至爲此感到高興。要是此刻我一個人獨處……

20分鐘以後——

在這張紙上，在這個平面的二度空間世界裡，一行行的字排列著，但在另一個世界，我對數字的感覺正在消失：這20分鐘，可能是200分鐘，也可能是20萬分鐘。當我平靜地、有條不紊地把R在我屋裡的情形，字斟句酌地記下時，我的感覺眞奇怪，彷彿一個坐在床旁圈椅裡的人，蹺著二郎腿、好奇地看著躺在床上發神經的人——他自己。

R13進屋時，我已完全平靜正常了。說起他寫的詩歌形式的判決書，我感到心悅誠服，讚揚他寫得十分成功，我還說到，那個狂人主要是被他的詩句的揚抑格置於死地而粉身碎骨的。

「……甚至如果他們提議讓我爲造福主的機器做示意圖，我必定（非如此不可）要想辦法用上你的揚抑格的詩韻，」我說。

突然我一看：R的眼睛變得暗淡無光，嘴唇灰白。

「您怎麼啦？」

「什麼怎麼啦？嗯……很簡單，我煩膩了：到處在談判決書，判決書。我不想再談它了，夠了。我不願意！」

他皺起眉頭，揉著後腦勺那個小箱子，那裡裝的是另一種我所不理解的東西。兩人都默不作聲。過一會兒他在小箱子裡找到了什麼，拿出來，展示出來了……他的眼睛又閃亮起來，充滿笑意。他倏地站了起來：「爲您的一統號我要寫首詩，一定要寫！這樣的詩值得一寫！」

這又是過去的R：他嘴唇劈劈啪啪地噴著唾沫星子，話又滔滔不絕地往外湧：「您聽我說（啪啪地噴水），古代有個關於天堂的傳說……其實這裡說的就是我們，我們的當今時代。眞的！您好好想想。上帝曾經讓天堂裡那兩位作出自己的選擇：或者選擇沒有自由的幸福，或者選擇沒有幸福的自由，第三種選擇是沒有的。他們這兩個傻瓜選擇了自由。那還用說，明擺著的——後來一代又一代人對腳鐐手銬想得好苦。您明白嗎，對手銬腳鐐的相思——這才是世界性的悲哀。有好幾百年啊！只有我們才重新認識到，如何使幸福回歸……不，您再聽我往下說！那時候的上帝和我們待在一起，坐一張桌子。眞的！是我們幫助上帝，才徹底制伏了魔鬼——就是他攛掇人去犯禁，去偷吃那害人的自由的禁果。他是那陰險毒辣的蛇。可是我們抬起腳用大靴子照它腦袋卡嚓一踩……好了，重新又有了天堂。於是，我們又像亞當、夏娃一樣，無憂無慮，純潔無瑕。我們不必費腦筋去分辨什麼是善，什麼是惡，因爲一切都很簡單，像天堂一般美好，像兒童一樣單純。造福主、機器、立方體高臺、氣鐘罩、護衛隊人員——這一切都代表著善，代表著莊嚴、美好、高尚、崇高和純潔。因爲這一切捍衛著我們的不自由——也就是我們的幸福。只有古代人才愛沒完沒了地論證，挖空心思地苦思冥想，什麼是倫理，什麼是反倫理……好了，就這樣。總之，寫一部這樣的天堂史詩很不錯吧，對嗎？而且語氣還應非常嚴肅……您明白嗎？很不錯吧，啊？」

怎麼會不明白呢！我記得，當時我曾這樣想過：「別看他長得歪瓜裂棗其貌不揚，腦袋倒眞好使。」難怪他和我——眞的我——很要好（我至今還是認爲，過去的我是眞我，目前的一切都是病態的）。顯然，R從我臉上看出了我的內心活動。他摟著我的肩膀，哈哈笑了起來：「啊，您呀……亞當！對了，順便提一下夏娃的事……」

他在口袋裡掏出一個小本子，翻看了一下，說：「後天……不不，兩天以後，O有一張來這兒的粉紅票子。您怎麼樣？還和以前一樣嗎？您願意讓她……」

「那還用說，這很明白嘛！」

「我就這麼對她說。要不然，您知道嗎，她自己還不好意思……我告訴您，怎麼回事，她對我只不過按粉紅票子行事罷了，可是對您……但她又不明說，是哪第四位插進我們的三角。風流漢子，您坦白吧，她是誰？」

我心裡的簾子嘩地掀了起來——我又聽見了絲綢的悉簌聲，看見了綠色的酒瓶，她的嘴唇……突然不知爲什麼我脫口說了句很不得體的話（我要是忍住了不說該多好！）：「告訴我，您嘗過尼古丁和酒的滋味沒有？」

R抿了抿嘴唇，皺著眉頭看了我一眼。他此時此刻的思想我聽得一清二楚：「雖說你是我的朋友……可還是得……」他回答我說：「怎麼說呢？我自己——沒有嘗過。可是我知道有個女人……」

「I！」我喊了出來。

「怎麼……您，您也和她有來往？」他嘎嘎大笑，氣都喘不過來——馬上要噴唾沫星子了。

屋子裡的鏡子掛在桌子那邊，我坐在軟椅裡，只能看到自己的前額和眉毛。

這時我——眞的我——從鏡子裡看見兩道劍眉的直線歪扭著，擰著，顫個不停。那個眞我還聽到一陣野性的嚎叫：「〈也〉是什麼意思？你說，〈也〉是什麼意思？你說，我要求你說！」

R兩片厚嘴唇緊緊抿了起來，眼睛也瞪得圓圓的……

我——眞的我——狠狠扭住另一個我的衣領，就是那個野性的、滿身毛髮的、氣喘吁吁的我。眞的我對R說：「看在造福主的份上原諒我吧。我病得厲害，睡不著覺。我這是怎麼啦，我都糊塗了。」

厚嘴唇上掠過了一絲笑意：「是啊，是啊！我明白，我能理解！這些我都並不陌生……當然，是從理論上講。再見吧！」

走到門口，R像個黑球似的又轉身回過來，走到桌子跟前，朝桌上扔下本書說：「這是最近寫的……專門帶給您的，差點兒忘了。再見……」

說著又噴我一臉唾沫，走了……

剩下我一個人。也許準確些應該說：我和另一個「我」單獨在一起。我蹺著二郎腿坐在軟椅裡，好奇地看著我（我自己）在床上發神經。

爲什麼，比如，爲什麼我和O整整三年能生活得如此和睦，而現在突然只要有一個字提到那個I……難道愛情、嫉妒這些瘋狂的東西，不僅僅在古人愚蠢的書裡才有？主要是我出了問題！方程式、公式、數字我都明白，可是對這些東西卻一竅不通！一無所知……明天就去找R，告訴他……

不，那不是眞心話。明天也罷，後天也罷——我永遠不會去。

我不能也不想見到他。完了！我們的三角垮臺了。

我獨自一人。傍晚。扯起了薄霧。金光燦燦的乳白色天幕遮住了天空。要是能知道那裡高處是什麼該多好！但願我能知道，我是誰，我是什麼人？

記事十二

提要：對無窮大的限制。

天使。

對詩歌的思考。

我總覺得，我身體會好的，能恢復健康。

近來睡眠很不錯。不再做那些夢，也沒有別的什麼病痛。明天可愛的O要來看我。

一切都將是簡單的，規矩的，有限的，就像一個圓圈那樣。我不怕「限制」這兩個字，因爲人最高理性活動的目的，就在於要對無窮大不斷的限制，在於要將無窮大化小爲靈活方便的、易於接受的微分。我熱愛的數學的無與倫比的美也正在於此。而她正好對這種美缺乏理解。不過，這僅僅是偶然的聯想而已。

這些都是我坐在地下鐵路車廂裡，在車輪有節奏的隆隆聲中想到的。伴著轟響的車輪聲，我抑揚頓挫地低聲吟誦R昨天送我的《詩集》中的篇章。

這時，我感到，我背後有個人小心翼翼地探過身子，從肩膀上低頭看著我打開的那頁詩。我沒有回頭，只用眼睛的餘光就瞟見了那一對粉紅色的招風大耳朵和雙曲線身影……是他！我不想打擾他，裝得無所察覺的樣子。我不明白，他怎麼會到這兒來。我進車廂時，好像並沒有他。

其實，這不過是件小事，對我卻起了很好的影響；可以說，使我信心倍增。當你感到有雙警惕的眼睛隨時愛護地關注著你，不讓你出任何微小的差錯，讓你半步也不偏離正道，這時你會感到多麼愉快。雖然這種說法未免有些過於多情，但是我腦子裡總浮出這樣類似的比喻。例如，把護衛隊人員比喻爲古人曾幻想過的天使。古人許多美好的憧憬，今天在我們生活中，已經變成了現實。

當我感到我背後站著一個天使般的護衛隊人員時，我眞感到了十四行詩《幸福》的魅力。我想，如果說，這首詩是兼有詩意美和思想深度的難得珍品，這樣的評價是不會錯的。下面是開頭的四行：

二乘二是永恆相戀的數，
不離不分融進四，
熾熱相戀的男和女，
正是二乘二永不分的數……

下面的詩句，也都是關於明智的、永恆的、幸福的乘法口訣表。

任何眞正的詩人無疑都應該是哥倫布。在哥倫布發現美洲之前，這塊大陸已經存在了很久很久，但只有哥倫布才發現了它。在R-13以前，乘法表也早就有了，但只有R-13能在數字的原始叢林中發現新的黃金國[1]。確實，哪裡還能找到比這美好的世界更智慧、更美滿的幸福。鋼鐵會生銹。古代上帝創造了古代人，也就是說，創造了會犯錯誤的人——當然，這麼一來上帝自己也犯了錯誤。乘法表比古代上帝更聰明，更準確可靠些。因爲乘法表從來（請注意）從來不出錯。按乘法表嚴整、永恆規律生活的數字是最幸福的。這裡沒有猶豫，也不會發生迷誤。眞理只有一個，正確的道理也只有一條。眞理就是二乘二，正確道理就是四。如果這兩個幸福地、完美地互乘的兩個二也考慮什麼自由（換句話說，它們明顯地想得不對頭），難道這不荒唐嗎？R-13抓住了最重要、最……對此我絕不須再加以論證。

這時，我後腦勺感到了護衛隊的天使呼出的暖融融的柔和的鼻息，接著又轉到了左耳。顯然，他發現我膝頭的書已經合上，而我自己早已遐思飛越。其實即使他要我打開腦子裡的書頁，我也樂於立即從命。這樣做使人感到平靜和愉快。我記得，當時我還回了一下頭，眼睛定定地、詢問地望了他一下。可是他沒有明白我的意思，也許他也不想弄明白什麼——他一句也沒問我……我不相識的讀者們，我只能向你們來傾吐這一切。現在你們對我來說，也像當時的他那樣，無比珍貴，既近在咫尺卻又高不可攀。

我由一個個人——R-13 擴展開去，想到了宏偉的整體——我們的國家詩人和作家學院。我曾想過，古代人怎麼沒有發現他們文學和詩歌的極度荒誕可笑呢？文藝無比巨大的力量，竟被他們毫無價值地浪費掉了！作家想寫什麼就可以寫什麼，這簡直可笑！同樣滑稽、荒唐的是，在古代世界，海洋竟毫無目的地晝夜不舍地拍激海岸，那潛藏於水力中的巨大能量只用來激發戀人的愛情。而我們卻從海浪的絮絮情語中，索取了電力。我們把狂嘯發威像野獸一般的海洋，變成馴順的家畜。對狂野不羈的詩歌，我們也如法炮製，馴化和制伏了它。現在的詩歌不再是夜鶯無所顧忌的啼鳴。詩歌是國家的工具，詩歌應帶來效益。

我們有幾部著名的《數學詩歌》，沒有它們，試想我們在學校裡能如此眞誠、如此深摯地愛上算術四則嗎？《玫瑰花刺》這是經典性作品，其中護衛隊人員就像玫瑰花刺一般保護著嬌嫩的國家之花，以防人們粗野的觸摸……當孩子們喃喃誦讀詩句：

頑童頑童採玫瑰，
花刺尖尖紮得疼，
頑童失聲噢噢叫，
嚇得急忙往家逃……

當你看到孩子誦讀時天眞、虔誠的神情，任你鐵石心腸，也會感觸萬千呢。還有那本《造福主日日頌》，誰讀過後會不對這位最偉大的號碼的忘我勞動佩服得五體投地！還有那部猩紅得痙人的《法庭判決書集萃》、不朽的悲劇《上班遲到的人》，以及案頭必備《性事衛生詩抄》！

我們生活的全部複雜性和美都永恆地鏤刻在金子般的詩歌語言中了。

我們的詩人已經不再生活在幻想的天國，他們降到了人間。

他們和我們一起踩著音樂機器進行曲那嚴肅、機械的節拍，步調一致地踏步前進。他們詩的靈感來自早晨電牙刷的簌簌聲，來自造福主的機器火星飛濺時可怕的喀嚓聲、大一統王國國歌莊嚴肅穆的迴響、晶亮的夜壺裡不堪入耳的響聲、窗簾垂下時使人耳熱心跳的怦怦聲，還有最新烹飪指南輕鬆快活的語言和街上膜片的極其微弱的震顫聲——它們都是詩的靈感的泉源。

我們的眾神就在這裡，在人間，與我們同在；他們在護衛隊、在廚房、在工廠作坊、在廁所。眾神變得和我們一樣了，apro[②]我們也變得和神一樣了。不相識的星球讀者們，我們就要去你們那裡，要使你們的生活變得和我們那樣無比理智和準確劃一……

注：

① 16世紀西班牙殖民者曾在拉丁美洲尋找過想像中的神奇、富庶的國家——黃金國。

② 拉丁語，意為：所以。

記事十三

提要：霧。

你。

荒唐透頂的事。

天濛濛亮，我就醒了。一睜眼就看見一大塊玫瑰色的彩霞滿天。一切都很好，圓圓滿滿。晚上O要來。我身體當然已經好了。我微微一笑，又睡著了。

起床鈴聲響了。我穿衣起床。再一看，天氣大變：從天花板和四壁的玻璃望出去，左右前後到處都瀰漫著雲霧。霧氣繚繞，一片混沌，狂亂的雲層愈來愈厚，然後又變淡，愈來愈近。天地之間已茫無界線，一切都在飛快地運動，融化，墜落，什麼也抓不住。房子看不見了，玻璃牆在迷霧中消失了，就像晶鹽在水中化開一般。如果站在街上，你會看到屋裡黑影憧憧的人影，就像浸在荒誕的乳液裡的懸浮粒子，有的沉在低處，有的高些，有的再高些——在十層樓。一切都煙霧騰騰——也許那裡是一片聽不見聲音的大火。

到正11點45分的時候，我有意看了看表，想抓住幾個數字，讓它們來救我一把。按守時戒律表，14點45分應該是體力勞動時間。出去勞動之前，我急匆匆回屋一下：突然，電話鈴響了。那說話的聲音像一根根長長的針慢慢紮進我心裡：「噢，您在家啊？我很高興。請在街口等我。咱們一起出去一次……就這樣，到那兒，您就會知道去哪兒。」

「您明明知道，現在我要去勞動。」

「您明明知道，您會按照我說的去做。再見，兩分鐘以後……」

兩分鐘以後，我已站在街口了。我來這兒是爲了告訴她，我聽命於大一統王國，而不是她。還說什麼「按照我說的去做」……

聽她聲音還很自信。好吧，現在我要嚴肅地跟她談談……

一件件潮霧織成的灰制服急匆匆地與我擦肩而過，一秒就過去了，然後馬上就在霧中融化了。我眼睜睜地盯著表；我變成了那根尖尖的、顫動著的秒針。8分，10分……

12點差3分，差2分……

不消說，去勞動，我已經遲了。我眞恨透她了。我應該讓她知道……

在街口的濛濛白霧中，露出兩片血紅的嘴唇，就像用尖刀拉開的口子。

「我好像耽誤了您的事兒了。不過，也無所謂。現在您已經晚了。」

我不作聲地看著她的嘴唇。所有的女人都是嘴唇，只有兩片嘴唇。有一個女人的嘴唇是粉紅色的，圓圓的富於彈性，是個圓圈，可以阻擋整個世界柔軟的圍牆，而這個女人的嘴唇，一秒鐘以前還不存在，就是剛剛才用刀拉開的，還倘著甜蜜的鮮血。

她挨得更近了，肩膀倚在我身上。我們融成了一個人，她慢慢融進我的軀體——我知道，需要這樣。我的每一根神經、每一根頭髮、每一下甜蜜得作疼的心跳都明白，需要這樣。對這種「需要」我俯首聽命，喜不自勝。大概，一塊鐵也同樣樂意服從必然的、科學的規律——緊緊吸附在磁石上。拋向天空的石塊必定會有一秒鐘的猶豫，然後急速地往下墜落。人也這樣，經過彌留狀態，最後呼出最後一口氣——就一命嗚呼了。

我記得，當時我窘迫地笑了笑，沒話找話地說道：「霧……挺大的！」

「你喜歡霧？」

這個「你」是古代統治者對奴隸的稱呼，早已被人遺忘。它緩慢地，尖刺似的鑽進我的腦子：對，我是奴隸，而這也是需要，也很好。

「是啊，很好……」我自言自語說出了聲。

接著，我又對她說：「我討厭霧。我怕霧。」

「那就是說，你喜歡。你怕它，因爲它比你強；你恨它，因爲你怕它；你愛它，因爲你不能使它屈服於你。因爲只能愛不順從的對象。」

言之有理。正因爲如此，所以——正因爲如此，所以我……

我們倆定著——是一個整體。透過霧靄遠遠地可以聽到太陽低微的歌唱，到處都生機勃勃，金黃的，玫瑰色的，紅豔豔的都閃耀著珍珠般的光澤。整個世界是一個完整博大的女性，而我們正孕育在她腹胎之中，還沒有出生，我們正歡樂地在成長。我很明白，我決不會糊塗：這一切——太陽、霧靄、那玫瑰色的和金黃色的，都爲我而存在……

我沒有問，我們去哪裡。何必問呢，但願能這樣不停地向前走，讓我們不斷地發育成熟，愈來愈豐滿茁壯……

「到了……」I在門口停下。「今天在這裡値班的正好是……上次在古宅裡我曾說起過他。」

我小心翼翼地保護著正在成熟的萌芽，從遠處只用眼睛讀了讀牌子上的那幾個字衛生局，我全都懂了。

這是一間灑滿金色雲霧的玻璃房間。玻璃吊頂棚上放著各種顏色的瓶子和罐子。拉著電線。管子裡閃亮著藍色的火花。

屋裡的那個人身體很單薄，彷彿是個紙剪的人，不管他怎麼轉動身子，看到的只是他的側影。鼻子是亮閃閃尖削的刀刃，嘴唇是兩片剪刀片子。

我沒聽見I對他說了些什麼。我只看見她在說話，我覺得自己臉上不由自主地露出了幸福的微笑。醫生的剪刀片子嘴唇忽閃了一下，說道：「噢，是這樣。我懂了。這病最危險，據我所知沒有比它更危險的……」他笑了起來。薄紙似的手很快寫了幾行字，然後把紙遞給I，又寫了一張，遞給了我。

這是兩張診斷書，證明我們有病，不能幹活。我偷盜了大一統王國的工作時間，我是個竊賊，應該受到造福主的機器的懲罰。但是這對我來說是遙遠的，無所謂的，就像是書本裡的東西……我沒有絲毫猶豫地接過了紙條。我（還有我的眼睛、嘴唇、雙手），知道需要這樣。

在轉角處空蕩蕩的車庫裡，我們坐進了飛船。I又像上次那樣，坐進駕駛艙，把起動器推到「前方」，我們就飛離地面，朝前緩緩地飛去。金紅色的霧、太陽和醫生那尖削如刀刃的側影（突然他變得非常親切，可愛）——這一切都跟在我們的後面。以前，一切都圍著太陽轉，現在我知道，一切都緩慢地、幸福地閉上了眼睛圍著我轉……

古宅門口還是那個老太太。她那張可愛的像一束皺紋的嘴又長攏了。大概，這些日子嘴巴一直閉合著，只是現在才張開來，微微地笑了笑，說：「啊，你眞不守本分！你不跟大家一起去幹活……既然來了，就算了！要有什麼事，我就趕緊去告訴你們……」

那扇沉甸甸的不透亮的門吱呀一聲關上了，幾乎同時我的心帶著疼痛打開了，愈開愈大，最後完全敞開了。她的嘴唇——我的嘴唇，我吸吮著，吸吮著；我放開她，默默地望著她那睜得大大的看著我的眼睛——於是又……

房間半明半暗，有藍的、杏黃的，還有墨綠的山羊皮，金燦燦的佛像堆著微笑，鏡子在閃閃發亮。我又舊夢重溫，現在我已能理解，一切都浸潤著金燦燦的玫瑰色的瓊漿，它快要漫溢和噴射出來……

已經成熟了。我緊緊吸附在她身上，就像鐵塊和磁石一般必然，我甜蜜地陶醉了，聽憑不可抗拒的必然規律的支配。沒有粉紅的票子，不必計算時間，不再存在大一統王國，我已化爲烏有。

只有兩排緊如列貝溫情脈脈的利齒和望著我的、睜得大大的金光閃爍的眼睛——我往這雙眼睛裡慢慢地、愈來愈深地走進去。

四下裡靜悄悄的，只有屋角的洗臉池裡有滴水聲。那水滴來自幾千海里以外的遠方。而我是整個宇宙，在水滴聲中流逝著漫長的時代和紀元……

我披上制服，向I俯下身——我眼睛最後一次貪婪地看著她。

「我早就知道會這樣……我早就知道你……」I聲音很輕地說。她很快下了床，穿上制服，臉上又浮現出她慣常的尖刻得像刺一般的微笑。

「得了，墮落的天使。現在您可完了。您不害怕嗎？好，再見吧。您一個人回去。怎麼樣？」

她打開鑲著鏡子的大櫃門，側過頭對我看著，等我出去。我聽話地出了房間。可是我剛跨出門檻，突然感到我需要她再把肩緊緊依偎在我身上，哪怕只一秒鐘，別無他求了。

我急忙回轉去。可能她現在還站在鏡子前扣制服紐扣。我跑進房間一看——愣住了：櫃門上鑰匙的老式圓環還在晃動（這我看得很清楚），可是I已不在了。她怎麼可能離開這兒呢，房間只有一扇門，可是她的確不在。我搜遍了各個角落，甚至還打開櫃子，把那裡花裡胡哨的古代衣裙都摸找了一遍——什麼人也沒有……

我的星球讀者們，給你們講這荒誕的故事，我覺得有點不好意思。但是既然事實確實如此，我也無可奈何。不過你們每天從早到晚生活中不是都充滿了荒誕嗎，不也都像做夢（古代人的疾病）嗎？既然如此，也就無所謂了，不過是荒誕大小有異罷了。此外，我確信，或遲或早我會將任何荒誕不經的現象都納入某種三段邏輯論。這又使我感到坦然，希望也能解除你們的疑慮。

……我感到很充實！你們不知道，我是多麼充實啊！

記事十四

提要：「我的。」

不准許。

冰冷的地板。

下面寫的還是昨天的事。昨天臨睡前的個人時間我忙著有別的事，所以記事沒寫成。可是那些事在我腦子裡都像刀刻斧鑿一般清晰，很不一般，大概永遠也忘不了，我清楚記得那冷得難受的地板……

晚上，O應該來我這兒，今天是她的時間。我下樓去值班員處領取下窗簾許可證。

「您怎麼啦？」值班員問，「您今天怎麼有點兒……」

「我……我病了。」

從實質上說，這是眞話。我當然是病了。這一切都是病態的。

我馬上想起來了，可不是嗎，我還有醫生證明呢……我伸進口袋摸了摸：證明在那兒還簌簌作響呢。這麼說，那些事都發生過，是確有其事……

我把粉紅票子遞給值班員。我感到兩頰發燙。我沒看值班員，可我看見她正奇怪地望著我……

21點30分。左邊屋裡已放下了窗簾。在右邊屋裡，我看見我的鄰居正在看書。俯首在書頁上的是他疙疙瘩瘩的禿頂和額頭——一個很大的黃色拋物線，我挺苦惱地在屋裡來回踱步：出了那些事以後，我和O該怎麼辦？我明顯地感到從右邊向我投來的目光，清楚地看到他額頭的皺紋——一行行字蹟不清的黃字，不知爲什麼我覺得那裡寫的是關於我的事。

22點差15分。我房間裡卷起了一陣快活的粉紅色的旋風，兩隻粉紅色的胳膊緊緊圍住了我的頸脖。後來我感到，圍住我頸脖的圈愈來愈鬆……愈來愈鬆……最後完全鬆開了。她兩隻手垂了下來……

「您不是以前的那個……您不是我的！」

「〈我的〉——多麼不開化的用語。我從來也不是……」我一時口訥：我突然想到，以前我倒確實不屬於誰，可是現在……因爲現在我並不再生活在我們這個理性的世界裡，而生活在古代的、荒誕的、$\sqrt{-1}$的世界裡。

窗簾慢慢放下。右屋，鄰居的一本書從桌上掉了下來。在窗簾馬上要碰到地板的一瞬間，在窗簾和地板之間窄窄的細縫裡，我看見一隻蠟黃的手撿起了書，而我又多麼想拼命攥住這隻手啊……

「我以爲，我希望，今天在散步的時候能遇到您……我有許多話……我有許多話要對您說……」

可愛又可憐的O！她那粉紅色的嘴——粉紅色的月牙兒耷拉著兩個角。可是我卻不能把發生的事情都告訴她。也不妨這麼說，我不告訴她是免得她成爲我的同謀犯。因爲我知道，她是沒有勇氣去護衛隊的，這樣就必然會……

O躺在床上。我慢悠悠地吻著她，我吻著她手腕上那條孩子般的胖胖的肉褶。她藍色的眼睛閉著，粉紅色的半月形的嘴慢慢綻開了，有了笑意——我吻遍了她全身。

突然我清楚地感到，我一切都已耗盡，一無所有。我不能，我不可能。應該——可是不可能。我的嘴唇一下子冷了下來……

粉紅色的月牙兒顫動起來，失去了色澤，痛苦地變了形。O把床上的罩單披在身上，裹住了身體，然後把臉埋在枕頭裡……

我坐在床旁的地板上。地板徹骨冰冷。我默不作聲地坐著。下面冒出逼人的寒氣，它不斷地往上冒。大概，在那藍色的無聲的星球空間，也和這裡一樣沉寂、寒冷吧。

「您要理解我、我並不願意……」我嘟噥著……「我千方百計……」這是眞話，我——那個眞的我，並不願意。可是我怎麼對她說呢。我怎麼向她解釋：鐵塊並不願意，可是規律是不可抗拒的，是必然的……

O從枕頭上抬起頭來，閉著眼睛對我說：「您走吧，」因爲她在哭，這個「走」字聽起來像「抖」。這個莫名其妙的細節，不知爲什麼卻牢牢地刻在我腦子裡了。

我渾身涼透。四肢痲木地出了房間來到走廊。玻璃外面浮著一縷淡得幾乎看不見的薄霧；可是到了夜裡，大概又會降下漫天大霧。夜裡會出什麼事嗎？

O悄悄地從我身旁溜了過去，進了電梯，門砰的一聲關上了。

「等一等，」我喊了一聲，因爲我感到害怕了。

但是，電梯嗡嗡響著一直往下去了，下去了……

她奪走了我的R。她趕走了我的O。然而……然而……

記事十五

提要：氣鐘罩。

明淨如鏡的海面。

我命該永遠心燥如焚。

我剛走進一統號飛船站，迎面過來了第二設計師。他的臉總是圓圓的，像個白瓷盤，一說話，就像在瓷盤裡給你端來了饞人的好吃東西：「您前不久生病了。可是這兒沒了您，沒了領導，昨天，可以說出事了呢。」

「出事了？」

「可不是！鈴響了，工作結束了。大家開始離開飛船站。您知道怎麼著？清場的人抓到了一個沒有號碼的人。可是他怎麼混進來的，眞叫人弄不明白，把他弄到手術局去了。在那兒，親愛的，會讓他開口的：他爲什麼來，又怎麼來的……」接著他又送來一個微笑——甜美無比……

在手術局裡工作的都是我們經驗豐富、手術高明的醫生，由造福主直接領導。手術局擁有各種器械，其中最重要的是那台盡人皆知的氣鐘罩。其實，很像古代學校裡做實驗用的儀器：把耗子放在玻璃罩裡，用空氣泵將罩裡的空氣慢慢抽掉……但是氣鐘罩當然是完備得多的器械，可以使用各種不同的氣體。另外，氣鐘罩當然不是爲了折磨可憐的小動物，它負有崇高的使命，那就是保障大一統王國的安全，換句話說，保障數百萬人的幸福。

大約在五百年前，當時手術局還在初創階段，居然有些糊塗人把手術局和古代宗教裁判所相提並論。這種比較實在太荒唐，就像把做氣管切開術的外科醫生和攔路搶劫的強盜混爲一談。他們手上可能都同樣有把刀，兩人幹的事也一樣，都要切開活人的喉嚨。但是歸根到底，一個是爲了救人，另一個則是犯罪，一個是帶「正」符號的人，另一個是帶「負」符號的……

這一切簡單明瞭，我只需一秒鐘，邏輯推理機器只要轉一圈，就可以解決，但是機器的齒輪一下子鉤住了負號，於是頭腦裡反映的就是另一副圖景：櫃子上鑰匙的圓環還在輕輕晃動。顯然，門剛剛匆匆關上，可是I已經不在了，消失了。轉到這兒，邏輯推理機怎麼也轉不過去了。是夢嗎？可是我現在還感覺到右肩那難以言傳的甜蜜的疼痛——I曾緊倚著我右肩，和我一起在迷霧中行走。「你喜歡霧嗎？」是的，我也喜歡霧……一切富有生機的、新的、奇特的我都喜歡。一切——都很好。

「一切都很好，」我脫口說了出來。

「很好？」那一對瓷眼瞪得圓圓的。「您指什麼，這裡有什麼好的？如果這個沒有號碼的人得逞的話……看來，哪兒沒有他們，周圍都有，無時無刻不在，他們就在這兒，在一統號附近，他們……」

「他們是什麼人？」

「我怎麼知道他們是誰？可是我感覺得到他們的存在，您明白嗎？我總有這種感覺。」

「您聽說過沒有，好像發明了一種切除幻想的手術？」（最近我真聽到過類似的說法）。「嗯，聽說了。這有什麼相干？」

「怎麼不相干，我要是處在您的地位，我會去請他給我動手術。」

那張瓷盤臉上顯出一副檸檬般酸溜溜的神情。他多麼可憐，對他來說，即使很間接地暗示他可能有幻想，他也會不高興。

……不過，這也算不得什麼，我在一星期以前也會生氣。可是現在，現在就不然了。因爲我知道我現在腦子裡有幻想，我知道自己有病。我還明白，我並不想治癒它。沒有什麼道理，就是不願意。我們倆踩著玻璃臺階往上走。下面的一切，我們都看得十分清楚……

我的讀者們，不管你們是誰，但是你們都生活在太陽下。如果你們過去也曾像我現在一樣生過病，你們就會知道早晨的太陽是什麼樣的（或可能是什麼樣的）。它是粉紅的、透明的、暖融融的金子。連空氣也微微帶些粉紅的顏色，一切都浸染了太陽柔和的粉紅的鮮血。一切都是有生命的，石塊是有生命的，是柔軟的，鐵是暖融融的、活生生的，所有的人都生機勃勃，他們每個人都在微笑。然而，再過一小時可能一切都會消失。一小時以後，粉紅色的鮮血將會流盡最後一滴血——但是現在一切都是有生命的。我看到一統號軀體內的玻璃血液在湧動，在閃耀發光，一統號正在思考自己偉大和可怕的未來，在思考它將帶給宇宙的沉重的載重——必將到來的幸福。我不相識的讀者們，它將帶給你們幸福——你們一直在尋求、而又沒有得到的幸福。你們會找到的，你們將成爲幸福的人，你們必然成爲幸福的人。這已指日可待。

一統號船體基本竣工。橢圓形長長的船體顯得高雅端莊，通體用的是我們的玻璃——它像金子一般永恆，像鋼鐵一般堅韌。

玻璃船艙內架著的條條橫的加強肋是隔框，縱向加強肋是縱桁，尾部是裝載巨型火箭發動機的基座。每隔三秒鐘就發生一次爆炸，每隔三秒鐘，一統號巨大的尾部就向宇宙空間噴射出火焰和氣體。這艘幸福的鐵木兒火焰噴射飛船，將不停地向太空疾速飛馳……

在地面上，人們就像一架大機器上的一個個操縱杆，正按泰勒工作法有規律地、迅速而有節奏地不停地彎腰、直腰、轉身。他們手執閃亮的割炬，噴著火在切割和焊接玻璃板、彎管接頭和托板。懸臂架透明玻璃大吊車，正在玻璃軌道上慢慢滑動。它們也像人們一樣馴服地轉動、彎曲，把吊車上的物體送進一統號船體內部。它們也都是一樣的，是人化了的完美的人。這是最高層次的、撼人心魄的美、和諧和音樂……讓我快些下去，到他們那裡去，和他們在一起！

現在，我和他們肩並肩地匯合在一起，鋼鐵般的節奏，使我感到激動，興奮。豐滿紅潤的圓臉頰，鏡子般明淨、沒有非分之想的額頭，都有節奏地運動著……我在這明鏡般的海洋裡浮游。我得到了休息。

突然，有一個人轉過臉平靜地問我說：「怎麼樣，還可以吧？今天好些了？」

「什麼好些了？」

「昨天，您沒來。我們還以爲您出了什麼危險的事……」他額頭明亮，說著朝我微微一笑。天眞得像個孩子。

血一下子就湧上了我的臉。我不能，我不能面對這樣的眼睛撒謊。我沒說話，心在往下沉……

艙口蓋裡探出一張白瓷圓盤：「喂，D-503，剛剛懸臂架的中心力矩怎麼不對頭……請快些上來！」

還沒聽他說完，我就趕緊朝上面向他跑去——我很不光彩地逃跑了。我沒有勇氣抬起眼睛，腳底下的玻璃臺階發出耀眼的光芒，弄得我眼花繚亂。我愈往上走，愈覺得沒希望：我是個有罪之人，中了毒的人，這裡沒有我的位置。以後我再也不能和這裡準確劃一的、機械的旋律融合在一起，不能在這平靜如鏡的海面上浮游。我命該永遠心燥如焚，東奔西走地尋找一個可以讓我不再抬眼見人的地方。如果我沒有力量擺脫……我將永遠……

一顆冰冷的火花穿透了我的心，我一陣發冷。我已無所謂，隨便怎樣都可以。但是她也會被告發，她也會被……

我從艙口蓋出來，站在甲板上。我不知道現在該去哪兒，不知道爲什麼要到這裡來。我抬頭望瞭望天。被正午的溽暑折磨得黯淡無光的太陽已升到中天。下面靜臥著一統號灰色的、沒有生命的玻璃身軀。粉紅色的鮮血已經流盡。我很明白，這一切只不過是我的幻想。這裡，一切依然故我，同時又很明白……

「您怎麼了，D-503，耳朵聾了？我喊了您半天……您怎麼啦？」這是第二設計師的聲音，他簡直是趴在我耳朵上在喊，看來已經喊了很久了。

我怎麼了？我失去了方向盤，馬達轟轟地響，飛船顫動著飛速向前，但是沒有方向盤。我也不知道在往哪裡飛，如果往下，馬上就會撞在地上，也許該往上飛——飛向太陽，飛向火海……

記事十六

提要：黃顏色。

一個二度空間影子。

不可救藥的靈魂。

我已經好多天沒寫記事。不記得有多少天，因爲這些日子都是一樣的。這些日子都是單一的黃色，就像乾燥已極的、曬得火辣辣的黃沙，沒有一點蔽蔭，沒有一滴水，只有望不到頭的黃沙。

我不能沒有她，而她自從在古宅莫名其妙地消失以後……

在那以後，只有一次在散步的時候，我見到過她。二三天以前，還是四天以前？我記不清，因爲所有這些日子——都是一個日子。她一閃而過。在那一剎間，黃沙般的、空漠的世界又變得充實了。和她挽著手一起走的是那位只到她肩膀高的雙曲線S，還有那單薄得像紙一般的醫生，除了他們三人外，還有一個號碼——我只記住了他的手指，手指特別細長，蒼白，好像是從制服袖裡射出來的一束光。I抬起手向我打招呼。I隔著S的腦袋伸過頭去向那個長著光束般手指頭的人說話。我只聽見一統號幾個字：四個人都回過頭來看我。一轉眼，他們已消失在灰藍色的天幕上，眼前又是那黃沙般的、乾旱已極的道路。

那天晚上，她有一張來我這裡的粉紅票子。我又愛又恨地站在顯示機前，我祈求著，希望顯示機快些響，快些在白道上顯示出I-330的數字。電梯門響了，從電梯裡走出一個個號碼，有高個兒的，有臉色蒼白的、粉紅的、黝黑的……四周的窗簾都紛紛落下。但沒有她。她沒來。

也許，在整22點的此時此刻，她正閉目側肩依偎著某個人，同樣也對這個人說：「你愛我嗎？」她會對誰說呢？他是誰？是那個長著光束般手指的號民，還是口水四濺的大嘴R，再不難道是S？

S……為什麼這些天來，我耳邊總是聽到他扁平的劈劈啪啪的腳步聲，彷彿是踩在水窪裡的響聲？為什麼這些日子他總像影子似的跟蹤我？總有一個灰藍色的二度空間影子出現在我前面、旁邊、後面。人們踏著它過去，或是踩著了它，可是它還是始終在這兒，在你身旁，好像有一根無形的臍帶把它和你拴在一起。也許，這根無形的臍帶就是她I？我說不上來。也許護衛隊人員已經知道，我……

如果有人對你說，你的影子看得見你，什麼時候都看得見，你懂這意思嗎？於是，你突然有一種奇怪的感覺：你覺得兩隻手不是你自己的，它們淨礙事。我也突然發現，我兩隻手揮動得很滑稽，和腳步不協調。或者突然覺得非回頭看看不可，可是又不能回頭，怎麼也不行，脖子發僵，動不了。我就跑了起來、愈跑愈快。這時我的後背感到，那影子也快步跑了起來，我怎麼也躲不開它，無處藏身……

終於回到了我屋裡。最後總算只有我一人了。但是屋裡有台電話——這樣又來事兒了。我又拿起話筒：「對，請找一下I-330。」話筒裡傳來一陣輕微的響聲，有人在那邊走動，從走廊經過她房門過去了。沒人說話……我扔下話筒，我不能再這樣下去，不能。我要去找她！

這是昨天的事。我急匆匆地去找她。在她住的那幢房子外面，我從16點到17點轉悠了整整一小時。號民們列隊一排排從我身旁走過，就像長著百萬隻腳的巨獸，幾千隻腳有節奏地踩在地上，晃動著身軀，慢慢過去了。只有我一個人被風浪拋到了荒涼的孤島上。我還在尋找，在灰藍色的海洋中尋找……

現在，也許立刻會看到那辛辣譏諷的吊梢眉三角形和黑幽幽眼睛的兩個窗洞，裡面正爐火熊熊，人影憧憧。我要徑直往裡走，並且對她用「你」，一定用「你」，我要說：「你很清楚，我不能沒有你。你爲什麼這樣？」

但是她——不說話。突然我覺得靜極了，突然傳來了音樂機器的樂聲。我知道已經過17點了，大家早已走了，我——只有我一個人，我——遲到了。四下裡是一片抹著黃色陽光的玻璃的荒漠。我可以看見，那倒映在玻璃鏡面上的底兒朝上懸掛著的晶亮的屋牆和可笑地倒懸在那裡的我。

我需要儘快地，馬上就趕到衛生局去，去要一張診斷書。證明我有病，否則我會被抓走……看來，這是最好的辦法。我不走，呆在這兒，安靜地等他們來發現我，把我送去手術局——這樣一下子全都結束了，什麼罪惡都勾銷了。

有一陣輕微的聲響，在我前面出現了一個雙曲線的影子。我不是用眼睛看到，而是感覺到，有兩隻尖利的灰色鋼錐很快地朝我身上鑽來。我強打笑臉說（這時候應該說點什麼）：「我……需要去衛生局。」

「爲什麼？您幹嗎站在這兒？」

我荒唐地倒立著，腳朝上地掛在那裡。我沒吭聲，害羞得全身發燙。

「跟我來。」S聲音很嚴厲。

我乖乖地跟他走，毫無必要地甩動著兩隻不屬於自己的手。

我眼睛抬不起來，所以總是走在一個倒立的世界裡：這兒的機器也基座朝上，人呢也和機器一樣腳貼在天花板上站著；再往下是凝固在馬路玻璃面裡的天空。我記得，當時使我最難受的是，我生活中最後一次看到的世界是倒置的，不是它眞正的樣子。可是我抬不起眼睛來。

我們停下來了。我面前是臺階。只要跨前一步，我就會看見那些穿白色手術圍裙的醫生和巨大的無聲的氣鐘罩……

我使出螺杆傳動的力量，好不容易才把眼光從腳下的玻璃上拔起。猛然間，闖入我眼簾的是衛生局幾個金燦燦的大字……

爲什麼他把我帶到這兒來，而沒去手術局呢，爲什麼他對我動了惻隱之心呢——其實這些當時我根本顧不得想。當時我向上一躥，蹦過幾級臺階，砰一聲就把門緊緊關上了。這時才喘過一口氣來，好像今天我從一大早起還沒有喘過氣，也沒有心跳過，只是這會兒才喘了第一口氣，現在才打開了胸中的閘門……

有兩個人。其中一個，個頭矮墩結實，兩隻眼睛從下往上打量著病人，好像要把人挑上崎角去似的；另一個精瘦，兩片嘴唇是閃閃發光的剪刀片子，鼻子尖利如刃……不就是那個醫生嗎！

我朝他奔了過去，彷彿見到親人一般，我徑直往那鋒利刀刃上撲，和它們講起了我的不眠之夜、我的夢、影子和黃色的世界。

兩片剪刀片子閃著亮——它們在微笑。

「您的情況不妙！看來您已經有靈魂了。」

靈魂？這是個奇怪的、古老的、早已被人遺忘的詞。我們有時也說什麼「心心相印」、「漠不關心」、「狼子野心」、「狼心狗肺」……可是，靈魂……

「這……很危險……」我喃喃道。

「不治之症。」剪刀片子說得斬釘截鐵。

「可是……癥結究竟何在？我怎麼……不明白。」

「是這樣……這怎麼對您……您是個數學家吧？」

「是的。」

「比方說，平面，表面，就像這個鏡面。我和您就站在這個平面上，不是嗎？這裡陽光耀眼，我們瞇著眼，這兒閃射著割炬藍色的火花，那邊還有飛機閃過的影子。但只是發生在表面上，只有瞬間的存在。但是您設想一下，如果這層堅硬的表面，由於受到火的灼烤，突然變軟了。它的表面坍陷了，不再是平滑的，一切往裡凹陷，落入了一個鏡子世界裡。我們像孩子一般好奇地往裡窺視。您要知道，好奇的孩子可並不愚蠢。這樣，平面變成了容積、物體、世界。而在鏡子內部（在我們內部）有太陽、飛機螺旋槳的旋風，還有您顫抖的嘴唇，還有別人的。您也明白，冰冷的鏡子的作用是反映，反射，而這個鏡子世界卻能容納、吸收，一切都能在這裡留下永久的痕蹟。比如，一天您看見某人臉上有一道剛能察覺的皺紋，以後它就永遠留在您記憶中了。有一天，您聽到在寂靜中水的滴答聲，您現在還覺得餘音在耳吧……」

「是的，正是這樣……」我抓住了他的手。現在我又聽見洗臉盆龍頭在靜靜地滴水。我熟悉這聲音，永遠忘不了。可是怎麼突然有了靈魂了呢？以前一直沒有啊，可是現在突然……「爲什麼別人誰也沒有，而我卻……」

我更緊地捏住了他瘦削的手，害怕丟掉這個救生圈。

「爲什麼？爲什麼我們沒有羽毛，沒有翅膀，而只有翅膀底下的肩胛骨呢？因爲翅膀已經沒有用處，有了飛機，翅膀只會礙事。翅膀爲的是飛翔，我們還能往哪兒飛呢，我們已經飛到目的地，找到了要找的東西。我說得對嗎？」

我心神慌亂地點了點頭。他看了我一眼，接著是一陣尖厲的笑聲，像手術刀一般鋒利。另外那個醫生聽到我們的談話，邁著粗粗的短腿從自己辦公室走了出來。他那雙眼睛先把我那位薄紙大夫挑到了犄角上，接著又挑了我。

「怎麼回事？什麼靈魂？你們在談什麼靈魂？眞不像話！這樣下去快要流行傳染病了呢。我對您說過（他又把薄紙大夫朝上一挑），我對您說過，應該摘除所有人的幻想……摘除幻想只需要外科手術，只有外科手術……」

他戴上一付碩大的X光眼鏡。圍著我來回轉了半天，透過我的顱骨仔細檢查著我的腦子，一邊在小本子裡記著什麼。

「異常，十分異常！您聽我說，您同不同意用酒精泡浸消毒呢？您這種情況在大一統王國裡是很不正常的……酒精消毒可以預防傳染病……當然，如果您沒有什麼特殊理由的話……」

「您不知道吧，號碼D-503是一統號的設計師。我認爲，這樣做當然會破壞……」

「哼！」矮個子不高興地哼了一聲，又邁著短腿回自己辦公室去了。

留下了我們兩個。他那薄紙似的手親切地輕輕搭在我手上，側著臉挨近我低聲說：

「我只悄悄告訴您，有您這種情況的，不止您一個。我的同事說它是傳染病，不是沒有根據的。您回憶回憶吧，難道您自己沒有發現別人也有類似現象，十分相像、十分相近的情況？……」他盯著我的眼睛。他暗中指的是誰？是什麼？難道……

「我告訴您……」我一下子馬上從椅子上站了起來。但是他已經提高嗓門說起了別的事：「……至於您的失眠症和您做夢的毛病，我只能建議您多散散步。您可以馬上去做，明天早上就可以去散散步……比方說，也不妨去古宅走走。」

他的眼光又把我看了個透，臉上露著難以覺察的笑容。當時我覺得，我非常清楚地看到了藏在他淡淡的笑容裡的字母——也就是那個對我來說是唯一的名字……會不會這些又都不過是幻想？我好不容易等他給我開了病假條，今天和明天兩天的病假，我默默地又一次緊緊握了握他的手，就跑到了外面。

我的心載著我，像飛船那樣輕盈、飛快地向上騰飛著。我知道，明天有很快樂的事。它會是怎麼樣的呢？

記事十七

提要：透過大牆玻璃。
我死了。
長廊。

我眞不知怎麼辦才好。昨天，正當我以爲一切都豁然開朗，所有X都已解決的時候，在我的方程式裡又冒出了新的未知數。

這件事的座標原點，當然是那幢古宅。過原點引X軸，Y軸，Z軸，而由它們所構築的世界，不久前是我生活的全部。現在我沿著X軸（第59號大街），朝原點步行過去。在我腦海裡，昨天發生的一切，又像五彩繽紛的旋風似的翻卷了起來：那倒掛的房子和人，我那兩條不屬自己的胳膊，還有亮閃閃的剪刀片子和洗臉池裡清晰的滴水聲

（以前我雖聽到過一次）這一切都在烤軟而坍陷的表層內部，也即「靈魂」所在之處，飛速地旋轉著連血帶肉撕扯著靈魂。

遵照醫生的建議，我有意不走直角三角形的斜邊，而沿著直角邊線走。現在我已經拐過直角上了第二道邊線，也就是緊挨綠色大牆牆根的那道坡路。大牆外是無際無涯的綠色海洋，從那裡湧來一陣陣樹根、樹枝和花葉的曠野氣息，這氣浪鋪天蓋地而來，眼看就會把我淹沒，我就會從一個人，即一個最最精細、最最精密的機器變成……

但是，幸運的是，在我和荒野的綠色海洋之間隔著一道玻璃大牆。啊，牆和障礙物的限制功能多麼偉大英明！啊！這是最最偉大的發明。當人築起第一道大牆時，人才不再是野性的動物。

當我們築起綠色大牆時，當我們用這道大牆把我們機械的、完美的世界，與樹木、禽鳥的世界——不理智的、亂糟糟的世界——隔絕的時候，那時人才不再是野人……

大牆那邊，有一頭野獸，面目模糊不清，隔著玻璃正癡呆呆地望著我，它那對黃眼睛一直表示著一種我所不能理解的意思。

我們倆眼睜睜地彼此瞪了好久——就像是平面世界和非平面世界兩口相對而望的深井。我腦子裡起了個念頭：「別看這黃眼睛的傢伙在又髒又亂的綠樹林裡過日子，也沒日沒月，沒準兒比我們還幸福些？」

我舉手一揮，黃眼睛眨巴了一下，然後就朝後退去，消失在綠葉叢裡了。可憐的傢伙！他比我們更幸福——這不是胡說八道嗎！也許，比我幸福，這有可能，但是我是個例外，我有病啊。

再說，我也不錯……現在我已經看見了古宅的朱紅色院牆，還有那老太太合攏了的可愛的嘴。我急不可待地朝老太太奔去：「她在這兒嗎？」

合上的嘴慢慢張開來了：「她？指的是誰呀？」

「嗨，還能是誰？當然是I咯……那次就是我和她一起坐飛船……」

「哦，是這樣……是這樣……」

她癟嘴的條條皺紋和那雙狡黠的黃眼睛，投射出光束朝我身上鑽進來，愈鑽愈深……最後她才說：「好吧，告訴您吧……她在這兒，剛進去一會兒。」

這時，我發現，在老太太腳旁長著一叢銀白色的苦艾（古宅是史前風格博物館，一切都保存得很完好），一根枝條爬在老太太手上，她撫弄著枝條，膝蓋上還映著一道金黃的陽光。在這一瞬間，我、太陽、老太太、苦艾、黃眼睛——我們是一個整體，彷彿有某種血管把我們緊緊聯繫在一起，血管裡湧動的都是同樣的、熱情的、最美好的血……

現在我覺得不好意思往下寫。可是我保證過，我的記事是絕對坦誠的。這時，我低下頭吻了吻老太太那張合攏的毛茸茸的軟嘴。老太太用手擦了擦嘴，笑了……

我蹬蹬踩著地板，跑過了那幾間熟悉的、堆放著不少東西的房間。不知爲什麼我直奔臥室去了。我已經到了門口，手已捏住了門把，突然閃過一個念頭：「要是她不是一個人在裡面呢？」我停下腳步，側章聽了聽。但是我只聽見我的心跳聲，不過我的心不在我胸膛裡，在旁邊什麼地方突突地跳。

我進了房間。只見有一張被褥整齊的大床，一面鏡子，還有一面鑲在櫃子裡的鏡子，鎖眼裡還插著一個帶古香古色圓環的鑰匙。一個人也沒有。

我低低喚了一聲：「I！你在這兒嗎？」接著又一聲，聲音壓得更低、我閉目屏息，彷彿已經跪在了她面前：「I，親愛的！」

悄無聲息。只聽見水龍頭在往白色洗臉池裡滴水，聲音匆促。但是這聲音我聽著覺得很不愉快，我卻無法解釋爲什麼。我擰上龍頭就出來了。她不在這兒，這是很明白的。那就是說，他在別的「套間」。

我從昏暗的寬樓梯上跑下來。我伸手拉了第一扇門、第二扇和第三扇門，但都鎖著。除了我們的那個「套間」外，門都鎖著，而那裡——沒有人……

於是，我又回到了那裡，自己也不知道，要去那兒幹什麼。我慢慢走著，步履艱難，鞋底突然成了鐵鑄似的。我清楚記得當時的想法：「地心引力不變一說有誤。這麼看來，我那些公式也都……」

想到這兒，突然思想被打斷了：最低層的那扇門砰的一聲響了，有個人踩著石板地進來了。我又覺得身子輕快了。我簡直身輕如燕地飛到欄杆旁。我正想俯下身來，大喊一聲「你」——僅這一個字就可以把我心裡的一切都傾吐出來。

突然，我愣住了。樓下，我看見在方窗格的陰影裡飛快閃過S的腦袋和扇動著的兩隻粉紅色的像翅膀一樣的耳朵。

我腦袋裡閃電般閃過一個念頭：「不能，絕不能讓他看見我。」這只是一個沒有邏輯前提的光禿禿的結論（即使現在我也不知道什麼是結論的前提）。我踮起腳緊緊貼著牆悄悄地往樓上溜去，想躲進那間沒有鎖上的套間裡去。

我才到門口一秒鐘，S的腳步聲也上樓來了。但願門別出聲！我祈求著，可是門是木頭的，吱呀一聲好響！屋子裡那些綠的、紅的和黃澄澄的佛像都從身旁飛快地閃過——我跑到了櫃子的玻璃鏡前：鏡子裡是我那張蒼白的臉、凝神諦聽的眼睛和嘴巴……我聽到血液在湧動……聽著聽著，我又聽見門吱呀了一聲……這是他，是他！

我一把抓住了櫃子門上的鑰匙，那上面的圓環晃動起來、它提醒了我：「那次I……」腦子裡又閃出了一個局促的、沒有前提的、光禿禿的結論——應該說是沒頭沒尾的一閃念。我趕緊打開櫃門鑽進去，嚴嚴實實地又把門關上。現在我在櫃子裡了，黑漆漆的。我跨出了一步——腳底下一晃悠，身體開始慢慢地、輕輕地往下飄落，眼前一片漆黑。我死了……

後來，當我有可能來記述這一段奇遇時，我曾苦苦回憶當時的情景，也曾想在書本裡尋找答案。現在，我當然已經明白了，那是暫時死亡現象。古代人明白這道理，而我們，據我所知，卻毫無概念。

我不記得自己死過去有多久，很可能是五至十秒鐘。但只過了一會兒我就復活了。我睜開了眼睛。周圍黑天黑地一片，我感到自己不停地在下沉，往下落……我伸出手想抓住個東西。可是飛快向上升去的粗糙的牆面蹭著了我，手指流血了。很明白——眼前這一切並不是我病態的想入非非。那到底是什麼呢？我聽到自己發顫的呼吸，彷彿在抽噎（我眞不好意思寫出來；這一切太突然。太莫名其妙了）。一分鐘，二分鐘，三分鐘，我繼續在往下沉。最後，下面輕輕往上一頂，我腳下那塊東西不再往下墜落。在黑暗中，我摸到了個把手，使勁一推，門打開了。透進半明半暗的光線。我再一看：我背後一塊方形小平臺，很快往上升去。我趕忙撲過去，但已經晚了。我被截在這兒了……

「這兒」是哪兒？我不知道。

這兒有一條長廊。靜得使人喘不過氣來，像有一千噸的重量壓著你。圓形拱頂下是一長串望不到頭的小燈，燈心明明滅滅，搖曳不走。這裡有點兒像我們地下鐵道的甬道，但要窄得多，也不是用我們的玻璃建造的，是另一種古代材料。我突然一閃念：難道是古代的地下通道……好像在二百年大戰時期有人在這裡避難……顧不得這些了，我得走啊。

我估計走了有二十來分鐘。然後又向右拐。這時走廊變寬了，燈也亮些。聽到有嗡嗡的聲響。也許是機器聲，也許是人聲，不好說。不過當時我正站在一扇沉甸甸的不透亮的門旁——聲音就是從那裡來的。

我敲了敲門。再使勁重重敲了敲。門裡的聲音靜下來了。裡面噹啷響了一下，笨重的門慢慢地朝兩邊推開。

我面前站著的是我認識的那佼鼻薄如刃、瘦削如紙的醫生！

我不知道，當時我們倆誰比誰更驚愕。

「您？在這兒？」說完，他那兩片剪刀片啪地就合上了。而我好像根本聽不懂人話似的，一聲不響地看著他，不明白他對我說什麼。很可能他在說、我應該離開這兒。因爲後來他用那扁扁的薄紙肚皮把我擠到走廊比較亮的地方，又朝我背上推了一把。

「請問……我想……我以爲她，I-330……可是後面有人跟蹤我……」

「您在這兒等著，」醫生打斷了我。他走了……

最後，我總算見到了她！她終於來到我身旁，到了這兒。現在「這兒」是哪兒已經無所謂了。眼前是我熟悉的杏黃的綢衣裙，尖刺般的微笑，垂著簾子的眼睛……我的嘴唇、我的雙手、我的膝蓋都在索索發顫，而我腦子裡的想法更愚蠢：「振動產生聲音。顫抖應該是有聲的。怎麼接聽不見呢？」

她的眼睛向我洞開著，我走到了裡面……

「我不能再這樣下去了！您剛才在哪裡？爲什麼……」我直勾勾地看著她，目光一秒鐘也移不開。我好像在說夢話，忙不迭地說得前言不搭後語——也許只是我的思想，還沒有說出來：「有個影子……跟在我背後……我死過去了……從櫃子裡……因爲您的那個剪刀片子說，我有了靈魂……是不可救藥的……」

「不可救藥的靈魂！我可憐的人兒！」I縱聲大笑。她的笑聲淋了我一頭，我的夢囈給澆沒了，四下裡滿處都是一短截一短截的笑聲，熠熠閃光，發出銀鈴般的聲音。一切顯得多麼美好。

轉角處又冒出來了那個醫生。啊，多麼好、多麼可愛的薄紙醫生。

「怎麼回事？」他站在她旁邊。

「沒什麼，沒什麼！我以後再告訴您。他這是偶然的……告訴他們，我就回去……再過十五分鐘吧……」

醫生在轉角一轉身就不見了。她等著，聽那邊門重重地關上。這時I把一根甜蜜的尖針，慢慢地、愈來愈深地紮進了我的心裡，她的肩膀、手和整個身子緊緊依偎著我。我和她在一起走，我和她是兩個人——又是一個人……

不記得我們在哪兒轉進了黑暗中。在黑暗中，我們踩著臺階往上走，沒完沒了地走啊走，誰也不說話。我沒看見，但我知道，她也和我一樣，閉著眼睛，什麼也看不見，仰著頭，抿著嘴唇在靜聽音樂，靜聽我身上發出的低微的顫音。

等我清醒過來時，發現自己在古宅院內的一個隱蔽角落裡（院裡這種地方難以計數），旁邊有一道圍牆，地面上戳著殘垣斷壁留下的光石條和高低不平的黃磚。她睜開眼說：「後天16點。」

說完，就走了。

這一切都是眞的嗎？我不知道。後天就都清楚了。活生生的痕蹟只有一個：我右手手指尖上的皮都蹭掉了。但是，今天在一統號飛船上工作的時候，第二設計師千眞萬確地對我說，似乎他親眼看見我無意中讓砂輪蹭著了手指。嗯，可能是這樣。很可能，我說不上來。我糊塗了。

記事十八

提要：邏輯的迷宮。
傷口和膏藥。
從此洗手不幹。

昨天我一躺下，立刻就沉入了夢的海底，就像一艘超載的船翻覆沉底了。四周是沉寂的漫無邊際的綠色海水。我慢慢從水底浮了上來。浮到水中央，睜開眼一看：這裡是我的房間！還正是湖綠色的凝然不動的早晨。在玻璃鏡櫃門上映著太陽的一塊光斑，直照我的眼睛，使我無法準確地按守時戒律表規定的時間睡足時間。要能把櫃門拉開就好了。可是我整個人好像被網在蜘蛛網裡，無法動彈，起不來，連眼睛上也蒙上了蛛網。

最後我總算起來了，把櫃門拉開——突然，在鏡子櫃門後面冒出個全身粉紅的I，正在找下身上的衣裙。我已經對什麼都見怪不驚，哪怕最神乎其神的事。我記得當時毫不吃驚，什麼也沒問，趕忙就進了櫃子，砰地把背後的門關上。我氣喘吁吁、用手胡亂摸著，急不可耐地和I聯成一體了。現在我還清楚記得，當時透過黑暗中的那道門縫，我看見有一道耀眼的陽光，它像閃電白光道似的，一曲一折地映在地板上、櫃壁上，再往上去——這道凶光閃閃的光刃落在了I向後仰著的裸露的脖子上……我感到毛骨悚然，忍不住大喊了一聲——我又睜開了眼睛。

我的房間。還是湖綠色的凝然不動的早晨。櫃門上映著一塊太陽的光斑。我正躺在床上。是個夢。可是我的心還咚咚直跳，它在顫慄，在振盪，我的手指尖和膝蓋微微作疼。事情肯定發生過。而我現在卻弄不清，什麼是夢，什麼是現實。在毫無疑問的、習以爲常的和三維空間的一切事物中，都冒出了無理數，原來的光滑的平面卻變得毛糙了，凹凸不平……

離響鈴還很早。我躺在床上思考，腦子裡開始了非常奇特的邏輯推理。

曲線和物體在平面世界都有相應的方程式和公式。

我們卻不知道無理數公式和我的$\sqrt{-1}$相應的是什麼物體。我們從來沒有見過……

但可怕的是，這些無形的物體是存在的，它們的存在是回避不了的。因爲在數學裡就像顯示在螢幕上似的，我們看到了它們奇怪的、帶鉤刺的身影——無理數公式。數學和死亡不會有錯。如果在我們的世界，平面世界，看不到這些物體，它們在非平面空間，必然存在著一個完整的巨大的世界……

我沒等起床鈴響，就急急忙忙下了床，在屋裡急促地來回踱步。

迄今爲至，我的數學在我脫軌的生活中，是我唯一堅實可靠的安全島，但是現在它離開了河床，浮動起來，在水裡打起旋來。

這不可思議的「靈魂」究竟是什麼？難道也像我的制服、我的靴子（它們都在玻璃鏡櫃裡放著）那樣實在嗎？如果靴子不是病，爲什麼「靈魂」是病呢？我思索著，不知怎樣才能從這荒唐的邏輯迷宮裡走出來。這是一座神祕莫測的、可怕的密林，就像綠色大牆那邊的奇怪的、不可理解的，沒有語言而能說話的生靈一樣。我彷彿感到，透過厚厚的玻璃，我可以看到一個無限大、同時又無限小的$\sqrt{-1}$。這裡有個像蠍子般的東西，裡面躲著一根隨時讓你感覺到的帶負號的尖刺……也許它不是別的，正好是我的「靈魂」。它也像古代人神話中的蠍子那樣心甘情願地拼出自己的性命去蜇自己……

鈴響了。白天到了。上述的一切並沒有死亡，也沒有消失，只是披蓋上了白天的日光，就像我們所看到的東西一樣，到了夜裡它們並沒有死亡，只是罩上了夜的黑色。我腦袋裡繚繞著輕霧。透過霧氣，我看見一條條長玻璃桌，和一個個不聲不響的圓腦袋，正慢慢地有節奏地在咀嚼。遠處，一個節拍機穿過雲霧傳來滴答聲。在這熟悉的、親切的音樂伴奏下，我和大家一起機械地數數——50下。50是咀嚼一塊食物的規定次數。然後，我機械地有節拍地邁步下樓，和大家一樣在登記離場人數的本子裡在自己的名字上做個記號。可是我總感到自己並沒有和大家生活在一起，我只是獨自一人；一堵隔音的軟牆擋住了我，這裡面是我的世界……

問題是，如果這個世界只屬於我一個人，那又何必要在這部記事小說裡費筆墨呢？何必在這兒寫那些荒唐的「夢」、櫃子和沒有盡頭的長廊呢？我很遺憾，沒有寫頌揚大一統王國的詩韻嚴謹的數學長詩，卻寫了一部幻想驚險小說。啊，但願它眞的只是一部小說，而不是我現在的生活，那充滿X、$\sqrt{-1}$和墮落的眞實生活。

不過，也許一切都會好起來的。我不相識的讀者們，很顯然，你們和我們相比，不過是兒童罷了（因爲我們是大一統王國哺育長大的人，當然我們已達到了人類所能達到的最高水準）。因爲你們是兒童，只有這樣，你們才可能乖乖地呑下這粒精巧地包裹著驚險小說厚厚糖衣的苦藥丸……

傍晚——

不知你們是否也曾有過如下的體驗？當飛船在藍空盤旋上升，當開著的舷窗裡呼嘯的狂風撲面而來時，你們會感到大地消失了，你們也忘記了它，因爲它就像土星、木星和金星一樣，離開你們無比遙遠。我現在的生活就是這樣的：狂風向我劈頭蓋臉襲來，我忘記了大地，忘記了可愛的粉紅的O。但是大地還是存在著，或遲或早我總要在大地上著落。我只是閉眼不看登記著O-90的那張性生活表罷了……

今天晚上遙遠的大地向我提醒了它的存在。

遵照醫囑（我眞心誠意，確實眞心誠意地希望恢復健康），我在那直線形的空寂的玻璃大街上散步了整整兩小時，而此時大家都按守時戒律表坐在玻璃房裡，只有我一個人……從實質上講，這是反常現象。試想這是一幅什麼樣的圖景啊！一根孤零零的手指（從一隻手的整體上割下的）在玻璃人行道上彎曲著身子，連蹦帶跳地跑著。這根手指——就是我。最奇怪，最反常的是，這根手指完全不想和其他手指一起呆在手上。它願意就這樣孤身獨處，或者……是啊，我已不必隱瞞，或者和那個她呆在一起，通過她的肩膀，通過緊緊相握的手指……把自己整個身心融進她的身心裡。

我回到家時太陽已經下山了。晚霞玫瑰色的餘暉映在房屋四壁的玻璃上，映在電塔的金色尖頂上和迎面而來的號碼們的聲音和笑臉上。眞奇怪：即將燃盡的陽光，和早晨初升的陽光的角度完全一樣，而其他一切卻迥然不同，連玫瑰色的霞光也各具異彩：晚霞寧靜而略帶苦澀，而早霞——又將是響亮和悅耳的。

樓下前廳裡，檢查員Ю從一堆映著玫瑰色霞光的信件裡，抽出一封信遞給了我。我再次說明，這是一位很值得人們尊敬的婦女，我確信她對我懷有著最美好的感情。

可是，每當我看見那掛在臉頰上的魚鰓，不知爲什麼我就感別不愉快。

Ю伸出骨節嶙峋的手把信遞給我，這時她歎了口氣。但是這聲歎息，僅微微拂動了一下隔在我和這世界之間的帷幔，因爲當時我整個身心都集中在這封索索發顫的信上了——我確信這信是I的。

這時Ю又發出一聲歎息，聲音有兩道加重線，太明顯了，我不得不把目光從信封上移開。在魚鰓和羞澀低垂的眼瞼之間，露出一個溫情脈脈的、像膏藥般使人目眩的微笑。然後她說：「您眞可憐，眞可憐啊，〉歎一聲歎息，是有三道加重線的歎息，接著她朝信微微地點了點頭（信的內容她當然知道——這是她的義務）。「不，其實我……您爲什麼這麼說呢？」

「不不，親愛的，因爲我比您自己更瞭解您。我早就開始觀察您了。我覺得，您生活中需要一個能和您手挽手一起走的人，需要一個對生活已有過多年研究的人……」

我覺得全身都貼滿了她的微笑。這是治療創傷的膏藥，而這些創傷來自我手上這封顫抖的信。最後，她透過羞答答的眼瞼，悄聲地說道：「我再想想，親愛的，我再想想。您可以放心：如果我有足夠勇氣的話——不不，首先我還是應該再想想……」

偉大的造福主啊！難道我命中註定……難道她想對我說……

我眼睛發花了，眼前好像有成千上百根心弦曲線，信在手裡顫得要跳起來。我走到牆旁亮處。陽光漸漸暗淡了，在我身上、地板上、我的手上和信上灑下愈來愈濃重的傷感的絳紅色的霞光。

信封拆開了。趕緊先看誰寫的——我的心被紮了一刀：不是I，不是她，是O。在信頁右下方還有一個化開來的墨水漬，這裡滴了一滴墨水——這又是一道傷。我最討厭墨水漬，不論是墨水漬或別的什麼，我都受不了。我知道，要是在以前，這個墨漬頂多使我感到不高興，讓人心煩而已。可是現在這灰不溜秋的墨水漬卻像塊烏雲，而且愈來愈沉重，愈來愈烏黑，這是爲什麼？也許又是「靈魂」在作祟？

那封信的內容——

您知道……也許，您不知道（我現在信也沒法好好地寫——可這些我都顧不得了）。現在您知道，沒有您我一天也活不下去，我不再有晨光，不再有春天，因為R對我來說只是……當然，這對您是無所謂的，儘管如此，我對他是很感激的。這些日子如果沒有他，我一個人真不知怎麼辦……這些日日夜夜多麼漫長，它們彷彿是十年，也許是二十年。我的房間好像不是四方形的了，它成了圓形的——沒有盡頭，我走了一個圓圈又一個圓圈，都是一個樣，連一扇門都沒有。

我不能沒有您，因為我愛您。我知道，我明白，現在世界上除了那個女人，您誰也不需要。您知道，正因為我愛您，我就應該……

還需要再過兩三天，我就可以把破碎的我彌合起來，能多少恢復得像過去的O-90。然後我會自己提出申請，撤銷對您的登記。這樣對您會好些。您會覺得很好。以後我不再來了。請原諒。

不再來了——這樣當然再好不過，她做得對。可是爲什麼，爲什麼……

記事十九

提要：第三級數的無限小。
蹙額的人。
越過欄牆。

她對我說過「後天見」。這句話她是在哪說的？是在那亮著一串顫悠悠的黯淡小燈的奇怪的長廊？……也許不是那兒？不對，不是那兒。是後來，在古宅院子一個荒涼的角落裡。這「後天」就是今天。一切都長上了翅膀，時間在飛，我們的一統號也已經插上了翅膀，火箭發動機的安裝工程已經結束，今天已經無負載地作了試驗運轉。那隆隆的轟鳴是多麼美妙動聽，多麼雄壯威武！對我來說，每一聲轟鳴都是對我的唯一的她的敬禮，是對今天的敬禮。

火箭發動機口下面，有十來個飛船站工作人員站在那兒——他們太粗心大意了。當響起第一聲轟鳴時，他們立即化爲烏有，只剩下一些渣子和黑焦炭。此刻，不無驕傲地指出：我們的工作並沒有因此而有分秒的停頓，沒有一個人爲此感到震驚。我們和我們的機器繼續著自己直線和圓周運動，沒有些微的偏差，好像什麼事也不曾發生。十個號民只不過是大一統王國人口的一億分之一。如果用應用數學計算，這不過是三級數的無限小。由於缺乏數學概念而產生的憐憫和同情心，只有古代人才有，我們認爲這是很可笑的。

我覺得自己也很可笑：昨天我居然爲一個微不足道的灰溜溜的污點，爲一個墨水漬而傷神（甚至還寫進了記事）。這都是平面軟化的表現，而平面應該像鑽石般堅硬，像我們的牆一樣，「豆子蹦上去也要彈回來」，也即「毫不生效」——古人諺語。

16點。第二次補充散步我沒有去：她會不會突然心血來潮正好這時候想來呢，因爲這時候太陽光下的一切都錚錚地在作響……

我——玻璃大樓裡幾乎可說是一人。透過灑滿陽光的玻璃，我可以向左、向右、向下看得很遠；到處都是一個個懸在空中的空蕩無人的、像鏡子照出來那般一模一樣的房間。只有在淺藍色的投射著太陽陰影的灰暗樓梯上，一個單薄的灰色影子正慢慢往上走著。聽，腳步聲都聽見了。我透過門往外看：我感到一個膏藥似的微笑朝我貼了過來。過一會兒，這影子走過去了，從另一條樓梯下去了……

顯示機喀嚓響了。我緊張地奔到機器前，那白色狹長的顯示幕上是一個……我不認識的男號碼（是輔音字母開頭）。電梯嗡嗡響了，門啪地關上了。我眼前是一個人的額頭——一頂不在意地歪戴著壓得低低的帽子，而眼睛……他給人的印象好奇怪：彷彿緊蹙的眉頭下的那雙眼睛在說話：「這是她給您的信（聲音從緊蹙的眉頭，從帽沿下發出的）……她請您一定……一切按信中說的去做。」

他緊蹙眉頭，從帽遮下向四周掃了一眼。沒有人，什麼人也沒有，快點給我吧！他又打量了一下四周，把信塞給了我，走了。

剩我一個人。

不，不是一個人：信封裡是一張粉紅票子，還有一股她的淡淡的香水味。這是她，她要來，要到我這兒來。快些看信，要親自看過信才能眞信……

什麼？不可能！我又看一遍，簡直一目十行：「這兒有票子……並請您一定放下窗簾，好像我眞的在您屋裡……必須讓他們以爲我……我感到非常非常遺憾……」

我把信撕得粉碎。我在鏡子裡瞥見了自己那皺起的、折斷了的劍眉。我拿起票子，也想把它撕碎，就像她的信那樣……

「她請您一定一切都按信中說的去做。」

我的手軟了下來，手指鬆開了。票子落到了桌子上。她比我強，看來我會按照她說的去做。不過……不過還不好說，再看看吧，因爲晚上還早……票子留在了桌上。

鏡子裡是我的兩道緊鎖的愁眉。怎麼今天我又沒有醫生證明呢。要不然就可以出去走走，沿著綠色大牆不停地散步，然後往床上一倒——就沉沉睡去……可是，我應該去13號講演廳。

在那兒，我必須牢牢控制自己，還要一動不動坐上兩個小時……

可是，這時我應該大聲喊叫，應該使勁跺腳……

正在講課。非常奇怪，今天那台閃閃發亮的機器發出來的不是平時的金屬聲音，而是軟綿綿的、毛茸茸的像青苔般的聲音。

是個女人的聲音，我腦子裡閃過一個女人的模樣，她彎腰駝背，矮個頭，就像古宅門口的老婦人。

古宅……一提到它，思緒一下子全都湧上了腦子，就像噴泉似的。我需要竭盡全力控制住自己，不讓自己喊叫起來，否則會把整個講演廳都淹沒。軟綿綿、毛茸茸的聲音從左耳進，右耳出。

我只記得講到了兒童和兒童學。我像照相感光板似的，把一些不相干的、別人的、沒有意義的東西極其準確地照了下來：一把金色的鐮刀（那是擴音機上的反光），鐮刀下面是一個孩子（是實物教具），他正朝聽眾們挪動著。嘴裡塞著小制服的衣角，小拳頭捏得緊緊的，大拇指（應該說是很小的指頭）朝裡按著，淡淡的一道胖乎乎的黑道道，是手腕上的肉褶。我像一塊感光板那樣照著相：孩子一條裸露的腿伸到了桌子外邊，粉紅色的腳趾像扇子似撐開來，它往下踩著……眼看就要摔下來了……

這時，聽到一個女人的喊聲。一件制服扇動著透明的翅膀飛到了臺上，抱起了孩子，嘴唇吻著孩子手腕上的胖乎乎的肉褶，把孩子挪到桌子當中，然後又從臺上下來。我照下了粉紅的、耷拉著嘴角的月牙兒和滿眶藍色的眼睛。這是O。突然，我感到這微不足道的小事，也像我遇到的某個邏輯嚴密的公式那樣合理和必要。

她坐在我左邊稍稍靠後一些。我回過頭去。她順從地把眼光從桌上孩子身上移開，投向我，注視著我。於是她、我和臺上的桌子又形成三個點，通過三點連成三條線，它是某些難以避免的、還無人知曉的事件的投影。

我沿著綠色的、暮色濃重的街道回家，路燈像一隻隻盯著你的眼睛。我聽到自己整個人都像鐘表似的在滴答作響。我身上的指標，現在馬上就要越過某個數字，再走下去，將無法回頭。她需要讓人以爲她在我這兒。而我需要她，至於她的「需要」，與我又有何相干！我不願去當別人的窗簾——我不願意，很簡單。

背後又響起了我熟悉的踩水窪的啪噠啪噠的聲音。我已經用不著回頭看，我知道這是S。他會一直跟到大門口，然後大概就在下邊人行道上站著，往上放出一根根芒刺，鑽進我的房間，直到我放下那遮掩他人罪惡的窗簾。

他，護衛隊的天使，已拿走主意。我也已決定不這麼幹。我決心已定。

我上樓進了房間，打開燈。我簡直不能相信自己的眼睛：在我桌旁站著O，確切說是掛在那兒。她就像一件脫下來掛在那兒的空蕩蕩的衣服。衣服裡面彷彿已沒有一根發條，手腳也都沒了發條，頭髮也直直地、無力地垂著。

「我來是想談談我的那封信。您收到了吧？收到了？我需要知道您的答覆，我今天就需要知道。」

我聳了聳肩。我頗爲自得地望著她滿眶的藍色的眼睛，好像她什麼都錯了似的。我拖延著不馬上回答她。後來，我得意地，一個字一個字把話送進她的耳朵裡：「答覆？有什麼可說的……您說對了。毫無疑問，您說的都是對的。」

「這就是說……（她微笑了一下，想以此掩飾輕微的顫動，但是我看出來了）。很好！我這就……我這就走。」

她靠著桌子掛在那兒。眼睛、手和腳都垂著。桌上還放著那個女人的揉皺了的粉紅票子。我趕緊打開《我們》的手稿，遮住了粉紅票子（也許主要是不想讓我自己看見，而不是O）。「瞧，我不停地在寫。已經寫了170頁了……這有些出乎意料……」

她說，不，是聲音的影子在說：「還記得嗎……那時我在您的第7頁上……灑了個墨漬——您還……」

滿碟的藍色溢出了碟沿，急匆匆的淚水無聲地從臉頰上淌下，急促的話也滿得往外溢淌：「我受不了了，我馬上就走……我以後再也不來了，就這樣吧。但是我只希望——我應該有您的孩子。您給我留下一個孩子，我就走，我馬上就走！」

只見她制服底下全身都在發抖，我感到自己馬上也要……

我把手背到後面，笑了笑說：「怎麼？難道想嘗嘗造福主機器的威力？」

她的話像決堤的洪水又向我沖來：「隨便吧！可是我會感覺到，感覺到我腹中的他，哪怕只有幾天……只要能看到，哪怕只看到一次他手上的皺褶，就像那天桌上的那個孩子。哪怕只有一天！」

三個點：她、我，還有桌上那帶著胖乎乎肉褶的小拳頭……

記得我小的時候，我們被帶去參觀電塔。當爬到最高杆距的時候，我俯身探出玻璃欄牆，只見下面的人都成了小點點兒。我心裡一陣發緊，但又很興奮，我想：「要是我跳下去怎麼樣？」可是我兩隻手卻把扶手抓得更緊，如果現在——我就跳下去了。

「您甘願這樣？您明明知道……」

好像面對著陽光，她閉上了眼睛，臉上漾起一個滿是淚水的欣慰的微笑。

「對，是的！我願意！」

我從手稿底下拿出那張粉紅票子——那個女人的票子。我跑下樓去找值班員。O抓住我的手，喊了一聲，但我當時沒聽清楚，等我回來後才明白過來。

她坐在床沿兒上，兩隻手緊緊地夾在膝蓋中間。

「這……這是她的票子？」

「這無所謂。嗯，是她的。」

有個東西喀嚓一聲斷裂了。大概是O身子動了一下。她坐著，兩隻手擠在膝蓋中間，一聲不響。

「怎麼啦？快點……」我粗魯地重重地捏了她的手腕，在那道孩子般胖乎乎的肉褶旁，現出幾個紅印——明天會變成青紫斑。

這是最後的記憶……接著，熄了燈，思想也熄滅了，黑漆漆的一片，飛濺著火星——我從欄牆上跳了下去……

記事二十

提要：放電。
思想的材料。
零度懸崖。

放電——這是最合適的形容。現在我發現這最符合我的情況。這些日子我的脈搏愈來愈乾燥，愈來愈頻繁和緊張，陰陽兩極日愈靠近，已發出乾裂聲，只要再移近一毫米，立刻就會爆炸——然後是一片寂靜。

現在我心裡很平靜，空空洞洞，就像家裡人都走了，就剩我一人，躺在床上生病。我可以非常清晰地聽到思想錚錚的敲擊聲。

也許，這次「放電」可以徹底治癒折磨我的「靈魂」。我又會變得和大家一樣。至少現在當我想到O站在立方體高台的臺階上，或坐在氣鐘罩下時，可以絲毫不感到內疚。如果她在手術局供出了我，那也無妨。在我生命的最後時刻，我必將虔誠地、感激涕零地去親吻造福主的懲罰之手。在大一統王國裡，我享有接受懲罰的權利。我不會放棄這一權利。我們任何一個號碼都不應該、也不敢拒絕這唯一屬於我們自己的權利，因此它也就更珍貴。

……思想在腦子裡清晰地發出輕微的金屬般的錚錚聲。那玄妙的飛船將把我載往我喜愛的抽象思維的藍色高空。在這最純淨的稀薄空氣中，我的「有效權利」的觀念，像氣胎一般破裂了，發生輕微的脆裂聲。我很明白，這不過是古代人荒唐偏見的再現，是他們關於「權利」的思想。

有的思想是粘土質的，有的思想是由金子和我們貴重的玻璃雕鑿出來的，它們是永世長存的。爲了對思想材料進行檢驗，只需在材料上滴一滴強酸溶液。其中有種酸液是reducfioadfinem[1]，古人也知道這種試劑，好像他們就是這麼稱呼的。但是他們害怕這種有毒的試劑。他們寧願要粘土質的，或是孩子般玩具似的天空，而不屑要那藍色的空朦。至於我們，感謝造福主，我們是成年人，我們不需要玩具。

好吧，我們來給「權利」做次滴定試驗（在化學中分析溶液成分的方法）吧。甚至古代人中最有頭腦的人也知道：權利的根源在於力量，而權利又是力量的功能。現在有兩個天平盤：一個盤裡的重量是一克，另一個是一噸；一個盤裡站的是「我」，另一個是我們、大一統王國。很顯然，認爲「我」可以對王國享有某些權利，和認爲一克可以是一噸的等量，完全是一回事。

由此可以得出下列的分配方法：給一噸以權利，給一克以義務。而由渺小到偉大的必由之路，就是要忘記你是一克，而記住你是百萬分之一噸……

臉色紅潤、軀體肥胖的是金星人，臉皮粗黑得像鐵匠般的是天王星人！在藍色的寂靜中，我聽到了你們的不滿和埋怨。但是你們應該明白，一切偉大的都是簡單的；你們應該明白，唯有算術四則是不可動搖和永恆的。只有建立在算術四則基礎之上的道德，才永遠是偉大的、不可動搖的和永恆的。這眞理是最新的發現，這是幾百年來人們不畏艱辛、孜孜仡仡奮力攀登的金字塔的頂峰。站在這樣的高峰上，你會看到，在我們內心深處還殘留著祖先的野性，它像蛆蟲般地還在蠕動；站在這樣的高峰上，非法生育的母親O、殺人犯、褻瀆大一統王國狂妄的詩人，都是同樣的罪犯，對他們定罪判刑也毫無二致——死刑。這是最理想的秉公斷案。這也正是歷史早期，充滿天眞的玫瑰色遐想、住磚瓦房的古人所憧憬的公正裁決。他們的上帝同樣把誹謗神聖教會的罪愆，作殺人罪來判決。

嚴厲的、黑皮膚的天王星人，你們也像古代西班牙人那樣聰明地想出了火刑，你們沉默不語，我覺得，你們與我同在。但是，我聽到了玫瑰色的金星人的議論，他們在談論刑訊和懲罰，談論要回到野蠻時代去。我親愛的星球人！我可憐你們，因爲你們不會進行數學哲理思考。

人類歷史的發展，就像飛船的上升，是呈螺旋形的。然而圓周與圓周又各自有別：有的金光燦燦，有的卻鮮血淋淋。但是它們都是360度。從零度開始，往前：10度，20度，200度到360度，然後又回到零度。是的，我們又回到了零。但是這對我的數學頭腦來說，是很明瞭的：這個零完全是另一個新的零。我們從零開始向右出發，卻從零的左邊回來，因爲原來的正零被我們的負零所取代。你們明白我的意思嗎？這個零在我眼裡彷彿是——一條狹長的巨大的懸岩，它默不作聲，尖削如利刃。在駭人的黑森森的一片夜色中，我們屛息凝神離開了零度懸岩黑夜的那一邊。

幾百年來，我們這些哥倫布們，在海上揚帆，不斷地航行……我們繞過了整個地球，最後，終於勝利了！

禮炮轟鳴！大家都爬上了桅杆：我們看到的是零度懸岩完全陌生的另一側。這裡是大一統王國的北極光籠罩的天地，漂浮著淺藍色的巨大浮冰，彩虹和太陽五彩繽紛，璀璨明媚，彷彿有幾百個太陽，幾億條彩虹……

只有一把刀子的厚度，就把我們與零度懸岩的黑暗面隔了開來，這裡的原因何在呢？刀是人所創造的最牢固、最不朽、最天才之物。刀是斷頭臺，刀是可用來斬斷亂麻的萬能工具，而那沿著刀刃的路正是謬誤邪說之路，唯一無愧於無畏思想之路……

注：

①拉丁語，意為「還原劑」、「去氧劑」。

記事二十一

提要：作者的責任。
堅冰將溶化。
好事多磨的愛情。

昨天是她該來的日子，可是她沒來，又讓人送來一張含糊不清、什麼也沒說清楚的短箋。但是我很平靜，很坦然。如果我還是照她信中吩咐的去做，如果我把她的粉紅色票子送交給值班員，然後放下窗簾而一人獨坐在屋裡——我這麼做，當然不是因爲我無力違抗她的意志。可笑！當然決非如此！只是因爲，窗簾對以把我和所有的藥物性膏藥的微笑隔開，這樣我就可以安安靜靜地寫記事，此其一。其二，我怕以後找不到打開所有未知數的唯一的那把鑰匙，而它只可能在她那裡，只能在I那裡找到（例如，櫃子之謎，我假死之謎及其他）。我現在認為，揭開這些謎，即使只作為記事的作者，我也義不容辭，何況人對未知數，從生理上都感到反感。而作為一個homosapiens①，只有在他的語言中完全不存在問號，而只有驚嘆號、逗號和句號時，人才是完全意義的homosapiens。我覺得，只是出於本記事作者的責任感，今天16點的時候，我坐上飛船，又向古宅飛去了。當時朔風怒號，飛船在空中艱難地前進，彷彿正在空中穿越一座密林，透明的樹枝呼嘯著，抽打著船身。城市在下面，整個城市都由淺藍色的堅冰壘築而成。突然，出現了雲彩，飛掠過斜斜的影子，冰層變成了鉛灰色，泡脹起來，就像在春天，當你站在岸上觀看河面的冰層，它似乎就要斷裂、湧動、旋轉起來，然後飄走。但是時間一分鐘一分鐘地過去，冰層紋絲不動，而你自己倒覺得身上發脹，心跳加快，心境愈來愈不安寧（不過，我為什麼要寫這些？這些古怪的感覺從何而來？

因為實際上並沒有可以摧毀我們生活中最透明的、最堅固的水晶玻璃的破冰船……古宅門口一個人也沒有。我在四周走了一圈，看見在綠色大牆旁有一個看門老太太。她用手掌擋著太陽，朝上看著。那裡大牆上面盤旋著一隻隻像尖三角似的飛鳥，嗷嗷叫著俯衝下來，胸脯衝撞在堅固的電壓圍牆上，然後又飛回去，又在綠色大牆上空迴旋。

在她暗灰色的、佈滿皺紋的臉上，我看到不時飛掠過斜斜的影子和朝我投來的疾速的目光。

「什麼人也沒有，誰也不在！眞的！所以沒必要去那兒。眞的……」

爲什麼沒必要？這種說法也眞怪，爲什麼認爲我必定是某個人的影子呢！也許你們才全都是我的影子呢！可不是嗎，我把你們都寫進了記事稿頁。原來這些還只是一頁頁四方形的空白紙呢。沒有我，那些由我引路在一行行字蹟小徑中行走的人們，能見到你們嗎？當然，這些我都沒對她說，根據我自己的經驗，我知道，最痛苦的莫過於，別人懷疑你不是現實——不是三維空間現實，而是別的什麼。我只板著臉對她說，她應該去開門。她放我進了院子。

院子裡空空落落，悄無聲息。牆外風聲喧囂，但離得很遠，就像那天一般遙遠。那天我倆從地下長廊裡出來，兩人肩挨著肩，合二爲一了——如果那一切確曾發生過的話。我在一個石砌的拱形屋頂下走著，腳步聲撞到潮濕的拱頂，又折回來落在我背後，彷彿後面老有人跟蹤著我。佈滿朱紅色小疙瘩的磚牆，透過牆面上窗戶的一扇扇方形墨鏡，窺視著我的舉動，看我如何打開吱呀作響的板棚房門，看我如何探頭張望那些犄角旮旯兒和各處的通道。圍牆上有個門，門外是一片荒蕪的空地——這已是偉大的二百年大戰的古蹟了。地上戳著一條條光禿禿的磚石斜脊，牆基的黃磚高高低低地露在外面，還有一座豎著筆直煙囪的古代爐灶，它就像一艘永恆的艦艇化石，停泊在黃色和朱紅磚石的浪濤中。

這些高低不平的黃磚正是它們，我覺得，我曾經見過……但記不清楚，好像在底下，在很深的水裡。於是，我開始在各處尋找：我跌進坑裡，絆著了石塊，黃鏽斑斑的鐵條鉤住了我的制服，我累得大汗淋漓，鹹澀的汗水從額頭往下淌，流進了眼睛……

哪兒也沒有！地下長廊的地面出口我哪兒也找不到——沒有出口。不過，這樣也許更好：這一切更可能是我的那些荒唐「夢」中的一個罷了。

我渾身粘黏著蛛網，滿是塵垢，疲憊之極。我打開圍牆門，想回到大院裡去。突然我聽到身後有輕微的響聲，還有撲哧撲哧的腳步聲，我眼前又出現了那對粉紅色的招風大耳和S雙曲線的微笑。

他眯縫起眼睛，放出一根根芒刺，直朝我鑽來，一邊問道：「您散步？」

我沒回答。兩隻手直礙事。

「怎麼樣，現在您覺得好些了？」

「是的，謝謝您。好像快基本正常了。」

他放過我，抬眼朝上望，頭後仰著，這時我第一次看見了他的喉結。

在不太高的上空，大約五十公尺的地方，有飛船的嗡嗡聲。飛船飛得不高，速度又慢，飛船上還吊著長筒觀察鏡。因此我知道這些飛船都是護衛隊的。但是它們不像往常那樣只有兩架或三架，而有十架到十二架之多（很抱歉，這裡我只能用約數）。

「爲什麼飛船這麼多？」我斗膽問了一聲。

「爲什麼？嗯……一個好醫生，當病人還健康的時候，他就著手治療了；實際上病人要到明天、後天，甚至一星期以後才會生病。這是預防措施！」

他向我點了點頭，又啪嗒啪嗒踩著院子的石板地走了。後來，他又回過頭來，半側著身子對我說：「請您多加小心！」

我一個人。靜悄悄，空蕩蕩。綠色大牆上空鳥兒翻飛盤旋，吹過陣陣清風。他說這話是什麼意思？飛船很快在空中掠過。雲彩輕輕地投下沉重的影陰。下面是淺藍色的圓屋頂，一個個冰塊似的玻璃立方體，它們漸漸變成鉛灰色，漸漸變潮、泡脹起來……

傍晚——

我打開了手稿。我想就偉大的「全民一致同意節」，寫一寫我認爲（對你們讀者）

不無裨益的一些想法。這一節日即將到來。但是我發現，現在我還不能寫。眼下我總要留神去傾聽風的黑色翅膀撲打玻璃牆的聲音，我總要回頭張望，我在等待什麼。等待什麼呢？我不知道。所以當我熟悉的紅棕色的魚鰓到我屋裡來時，我高興極了這是我的眞心話。她坐了下來，鄭重其事地把夾在兩膝之間的制服裙的裙褶扯平，然後很快地送過來一個又一個微笑，把我身上的裂縫一塊塊地黏住，於是我覺得身體牢牢地粘緊了。我覺得很牢固，很愉快。

「您知道嗎，今天我一進教室（她在兒童教育工廠工作），就看見牆上貼著幅漫畫。眞的，不騙您！他們把我畫得像條魚。也許，我眞的……」

「不不，瞧您說的，」我忙不迭地說（說眞的，這兒沒有什麼東西像魚鰓，這很清楚，至於我說過的關於魚鰓之類的話，是很不恰當的）。「當然，歸根究底這也沒什麼了不起。但是，您要明白，問題在於行爲本身。我當然把護衛隊的人叫來了。我很愛孩子，我認爲，最難於做到、最偉大的愛——是嚴酷，您明白我的意思嗎？」

哪能不明白！這和我的思想正好有共同之處。我忍不住把記事二十章中的一段念給她聽，這段開頭的那句是：「思想在腦子裡清晰地發出輕微的金屬般的錚錚聲……」

我不用看就知道，她紅棕色的臉頰正在發顫，愈來愈向我湊近過來，現在她那瘦骨嶙峋有些紮人的手指伸到我手裡：「給我，把這個給我！我要把它錄下音來，讓孩子們背出來。我們更需要它，比火星人更需要，今天、明天、後天我們都需要。」

她回頭看了一下，聲音很低很低地對我說：「您聽說了嗎？聽人說，在一致同意日……」

我倏地站了起來：「聽人說什麼？什麼？一致同意節怎麼啦？」

那道舒適的圍牆沒有了。我一下子覺得自己被拋到了外面，狂風在屋頂上肆虐，斜移的烏雲……愈來愈低……

Ю毅然決然地摟住了我的肩膀（雖然我已發現，她的手指的節骨都在顫抖——我激動的情緒引起了她的共鳴）。「坐下吧，親愛的，不要激動。說什麼的沒有啊……再說，只要您需要，到那天我就陪伴在您身旁。我把孩子託付給別人。我來陪您，親愛的，因爲說實在的，您也是個孩子，您也需要……」

「不不，」我擺著手說，「完全不必！要這樣，您眞會以爲我是個孩子，以爲我一個人不能……完全不必！」（坦白說，那天我還有別的計畫）她笑了笑。她微笑的不成文的意思很明顯，那就是：「唉，您眞是個固執的孩子！」後來，她又坐下，垂著眼睛。手又羞羞答答地把制服裙卡在兩膝間的褶子弄平。現在說起了別的事：「我想，我應該拿定主意了……爲了您……不，我求求您，別催我，我還需要想一想……」

我沒有催她。雖說我明白，我應該是幸福的，也明白我若能使別人在晚年得到幸福，我將無尙光榮。

……整整一夜的夢。我夢見了翅膀，我用手抱著腦袋，來回躲著這些翅膀。後來又夢見一把椅子。但這把椅子不是我們現在這種樣子的，是古代款式的木椅。我像匹馬似的倒換著腳（右前腳——左後腳，左前腳——右後腳），朝我的床跑過去，還上了床。我喜歡木椅子，雖然坐著它不舒服，還硌得疼。

眞怪，難道就想不出什麼辦法來治治做夢的毛病，或使它變成理性的，甚至於有益於健康？

注：

①拉丁語：智者。

記事二十二

提要：凝固的波浪。

一切都在完善之中。

我是個細菌。

假如您現在站在岸邊：陣陣波浪有節奏地向岸上撲來……

突然，掀起的波浪就此停住不動，凝固了，這多麼可怕和反常。如果一天我們正按守時戒律表在散步，突然散了隊形，亂了陣腳，停了下來，那你會同樣感到可怕和反常。我們編年史上曾記載過類似的情況，最近的一次發生在一百一十九年以前：從天空墜落下一塊隕石，它呼嘯響著，冒著煙，落在正在散步的稠密的人群之中。

我們正在散步，像平時那樣走著，也就是說，我們就像亞述人古蹟上鑿刻的勇士那樣：有一千個腦袋，卻只有組合在一起的、統一的兩條腿和統一甩動著的兩隻手。在大街街尾，電塔發出令人膽寒的嗚嗚聲。從街尾迎著我們走來一個四方隊形：前後左右都有衛兵押解，中間走著三個穿制服的號民。他們胸前的金色號牌已被摘掉。這十分明白，明白得嚇人。

高塔頂端是一個巨大的刻度盤，這是從雲端低俯下來的一張臉，向下吐出一秒一秒的時間，冷漠地等待著。到了正13點6分鐘，四方形佇列開始騷動起來。他們離我很近，最微小的細節我都看得很真切。我非常清楚地記住了一個青年細長的脖頸和佈滿藍色血管的太陽穴，它們就像小小神秘世界的地圖上的河流。這個神秘的世界，看來就是這個青年。大概，他看見了我們佇列中的某個人，就踮起腳，伸長了脖子，停了下來。一個衛兵拿起電鞭子啪的一聲朝他抽去，射出藍瑩瑩的火花，青年像小狗似的尖叫一聲。接著，差不多每隔兩秒鐘就聽見清脆的啪的響聲，接著一聲尖叫，啪的一聲——尖叫一聲。

我們還像剛才那樣，步伐整齊，像亞述人那樣邁著步子。我看見火花迸射時彎彎曲曲的美麗的光帶，心想：「人類社會一切都不斷完善著，永無止境。應該如此。古代人的鞭子多麼醜陋……而我們的多麼美……」

這時，從我們隊伍裡跑出一個纖細矯健的女人，她喊道：「住手！不許打！」她徑直衝向四方形佇列。這就像一百一十九年前的隕石；散步的佇列停下了，隊伍凝固了，彷彿藍灰色的海浪被突然襲來的寒流封凍了。

有一秒鐘，我和大家一樣像個局外人似的看著她。她已經不是號民，而只是一個人，是個侮辱大一統王國的超現象的物質。

當她轉過身，並把大腿扭向左邊時——她的這一動作突然點醒了我。我熟悉這柔韌得像軟枝條的身軀，我的眼睛、我的嘴唇和手接觸過它。當時我已確信無疑。

兩個衛兵朝她衝過去想截住她。在馬路路面那一塊目前還明光鋥亮的地方，他們馬上就要……接觸上了，她馬上會被逮捕。我的心格登一下，停住不跳了。我來不及思考：這樣做可以還是不可以，是荒唐還是理智——就衝了過去……

我感到，有幾千雙驚恐得圓睜的眼睛齊刷刷地把目光投向了我。但這卻使那個野性的、手上汗毛濃重的我，更不顧一切地亢奮地、勇敢地奔去。他從我身體裡竄了出來，愈跑愈快，離她還剩兩步了，突然她回過頭來……

我看見的是一張雀斑點點的顫抖的臉和棕紅的眉毛……不是她！不是I！

我喜不自禁，樂極忘形。我想喊：「別放了她！」「抓住她！」這類話。可是我聽到的只是自己的低語。而在我的肩頭，一隻手重重地落了下來。他們抓住了我。押著我朝前走。我想向他們解釋……

「你們聽我說，你們怎麼不明白，我以爲，這是……」

但是，我哪能把自己的一切都解釋清楚呢，也說不清記在記事稿頁裡的我的病。我沒精打采，乖乖地被押著走……驟起的疾風刮落了一片樹葉，它無可奈何地落下地來，飄落著旋轉著，想能掛住在任何一根它所熟悉的枝條、樹叉和樹枝上。我也像這片樹葉，想抓住任何一個無聲的圓球玻璃房，抓住屋牆的透明玻璃，抓住電塔直指雲霄的淺藍色的尖針。

現在，當沉重的帷幕將把我和這整個美妙的世界徹底隔絕開來的時候，我發現，在玻璃馬路上不遠處一個我熟悉的大腦袋正疾速地過來了，甩動著兩隻粉紅色的翅膀似的大手。又聽到了那熟悉的、扁平的聲音：「我認爲有義務在這裡證明一下，號碼 D-503 有病，他無法控制自己的感情。我相信，他只是受了不自覺的不滿情緒的影響……」

「是的，是這樣，」我抓住了這句話，「我還喊了〈抓住她〉呢！」

背後有人說：「您什麼也沒喊。」

「可是我是想喊的，我敢向造福主起誓，我想喊的。」

一根根灰色冰冷的尖錐往我身上鑽了有一秒鐘。我弄不清楚，也許他發現，我說的（差不多）是眞話，也許他還有什麼不可告人的目的，想暫時再饒我一次。但他還是寫了張條子，交給了抓著我的一個衛兵。於是我又自由了，確切些說，我又被關進了嚴整的、不見首尾的亞述人佇列之中。

那個押著雀斑臉和太陽穴（上面畫著地圖似的藍線）的方形佇列，轉過街口就消失了，永遠地消失了。我們走著。這是一個有百萬個腦袋的身軀，每個人都感到馴服的歡樂。大概也就是分子、原子和吞噬細胞所感到的歡樂。古代世界的基督徒（我們唯一的前人，雖說他們還很不成熟）懂得這個道理：順從是善行，而驕傲是罪孽，我們是上帝創造的，而我是魔鬼的子孫。

現在，我正和大家齊步走著，但是我還是單獨的，和大家不一樣。剛才的惶急和不安，使我現在還渾身發抖，就像大橋上剛剛轟隆隆地駛過了一列古代鐵甲列車，餘顫不止。我感覺到了自己。但是，只有瞇上了的眼睛、化膿的手指和病牙才會感覺到自己，意識自己這個個別。健康的眼睛、手指和牙齒彷佛是不存在的。個人意識，不過是一種病態，這難道還不明白嗎！

可能，我已經不是那個能認眞地、平靜地吞食細菌（比如那個藍色太陽穴和雀斑臉）的吞噬細胞。我可能是個細菌。這種細菌可能在我們中間已滋生了上千個，可是也像我這樣喬裝打扮成吞噬細胞的模樣……

如果今天的風波，從實質上來說不太重要的話，如果這一切僅僅是開端，是第一塊隕石，而後面還雲集著不計其數的轟響著、燃燒著的巨石，它們將無窮無盡地墜落到我們這玻璃極樂世界來，那會怎麼樣呢？

記事二十三

提要：鮮花。
晶體的融化。
只要。

據說，有的花百年難得一開。爲什麼就沒有千年、萬年一開的花呢！可能我們至今還不知道，因爲正是今天我們才遇到了千載難逢的好日子。我陶醉在幸福之中。我從樓梯上下去，去找值班員。周圍千年的花蕾我眼看著它們靜靜地在綻開。一切都喜氣洋洋，爭芳吐豔：椅子、鞍子、金色號碼牌、電燈、長睫毛的黑眼睛、欄杆的玻璃柱子、掉在臺階上的頭巾、值班員的小桌子以及坐在桌旁的Ю的淺棕色的雀斑臉，一切都與平日迥然不同，都是嶄新的，光鮮的，嬌嫩的，玫瑰色的，滋潤的。

Ю拿過我的粉紅票子。在她腦袋上方，玻璃牆外的一支無形的樹枝上，懸掛著一輪淺藍色的、清馨的月亮。我得意地指指月亮說，「月亮——您明白嗎？」

Ю抬眼看了看我，然後又看了看票上的號碼，接下去又是她那熟悉的處女般貞潔的動作：把夾在兩膝之間的裙褶整平。

「親愛的，您的臉色不正常，有病容，因為不正常和疾病是一回事。您在糟踏自己，這誰也不會對您說的，誰也不會。」

這個「誰」指的當然就是票子上的號碼I-330。

可愛的Ю，好心腸的Ю！您當然很正確。我不理智，我有病，我有靈魂，我是個細菌。但是開花——這就不是疾病？花蕾綻開的時候，難道不疼嗎？您是不是認為，精子是最可怕的微生物呢？我在樓上，在自己房間裡。在寬敞的大軟椅裡坐著I。我坐在地板上，雙手抱著她兩條腿，頭枕在她的膝蓋上，我們默默無語。靜悄悄地，只有脈博在跳動……

於是，我這個晶狀體，在她，在I身上融化開來。我明顯地感覺到，我的被打磨出來的棱角（它們在空間裡限制著我）在融化，我慢慢在消失，在她兩膝之間融化，在她身上融化。我變得愈來愈小；同時，我又在不斷膨脹、增大和難以包容。因為她不是

I，而是宇宙。在這一瞬間，我和這充滿快樂的床邊的這張軟椅——我們是一個整體。還有，那古宅門口笑盈盈的老太太（她笑得多可愛），綠色大牆外的荒野的叢林，半睡不醒的銀黑色的瓦礫堆（就像那個打瞌睡的老太太），還有一扇在十萬八千里外砰然作響的門——這一切都包容在我身上，和我在一起，它們聽著我脈搏的跳動，在這美妙的一瞬間流逝……

我想告訴她，我是個晶體，因此在我身上有扇門，所以我覺得這把軟椅多麼幸福——但是我說得顛三倒四，荒唐可笑，亂七八糟，結果什麼名堂也沒說出來，我只好閉上嘴，感到無地自容，我怎麼突然說了這些話呢……

「親愛的I，原諒我！我這是怎麼啦，說了些什麼胡話呀……」

「爲什麼你覺得這是胡話呢，難道這不好？如果千百年來對人類的蠢話、蠢事，能像對待智慧一樣精心培養，教育，也許可以培養出某種極其珍貴的東西。」

「是的……」（我覺得她說得對，她現在怎麼能不對呢？）「就因爲你幹的那件蠢事，因爲你昨天在散步時幹的事，我更愛你，更喜歡你。」

「可是你爲什麼要拆磨我呢？爲什麼不來呢？爲什麼要給我送來了票子，爲什麼非讓我……」

「也許，我需要考驗考驗你？也許，我需要知道，你是否會按照我所要求的一切去做，你是否完全屬於我？」

「當然，完全屬於你！」

她用手捧住我的臉（整個我），抬起我的頭，說：「要這樣的話，你把《誠實號碼的義務》置於何地了呢？啊？」

她微笑了——露出了一口甜蜜的、尖利的皓齒。她坐在寬敞的軟椅裡，就像一隻蜜蜂，既有刺，又有蜜。

是啊，義務……我回憶著最近寫的一些記事：真的，記事裡哪兒也沒寫，甚至我連想都不曾想過，從實質上講，我有義務……

我有沒有回答。我情緒激動地（大概樣子很蠢）望著她的眼睛，從這個瞳孔看到那個瞳孔，每個瞳孔裡我都看見了自己：我極小極小，只有一毫米高，我被框在這小巧的令人快意的牢房裡。接著又是——蜜蜂——嘴唇，以及花朵綻開時甜蜜的疼痛……

我們每個號民身上都有一台看不見的、輕輕滴答作響的計時機，所以我們不看表，也能準確地（誤差不超過五分鐘）知道時間。但是當時我的計時機停了。我不知道過了多少時間，當我驚慌地從梳頭下抽出帶表的號碼牌……

感謝造福主，還有二十分鐘！可是那一分鐘一分鐘短得可笑，撅著根短尾巴在奔跑。可是我還有多少話要對她說，我要把自己的一切都告訴她。我要告訴她O寫的信，還有我給O孩子的那個可怕夜晚。不知爲什麼，我還想談談我的童年，告訴她普利亞帕數學老師的事還有$\sqrt{-1}$以及我第一次參加一致同意節的事：那天我曾傷心地哭過，因爲在這麼不平常的節日，我制服上竟落上了個墨水漬。

I抬著腦袋，用胳膊支著。嘴角兩邊是又深又長的兩道線，高高挑起的眉毛擰成黛色的三角——一個X。「也許到那一天……」她打住話頭不往下說了，黛眉變得更濃重。她拿起我的手，緊緊捏著說：「告訴我，你不會忘記我，你永遠記住我吧！」

「你說這些幹嗎？這什麼意思呀？I，親愛的？」

I沒有回答，也沒看著我，她的目光穿過我望得很遠很遠。

突然我聽到，牆外的大風正像巨大的翅膀撲打著玻璃（當然，剛才也一直在颳風，只是我現在才聽到）。不知爲什麼我又想起了盤旋在綠色大牆上的飛鳥清脆的鳴叫聲。

I甩了一下腦袋，好像要把什麼東西從身上抖落下來。她整個人又一次和我接觸了一下，只一秒鐘，就像飛船著陸前的那一秒鐘回彈時的接觸。

「好了，把我的長襪給我！快些！」

她的長襪扔在我桌上，就在打開的記事稿第193頁。匆忙之中我蹭著了手稿，稿紙撒了一地，怎麼也沒法按順序再摞齊。最要命的是，即使摞齊了，反正也不是真正的秩序了。隨它去吧，反正還會變得高高低低，坑坑窪窪和一些X。

「我不能忍受這種情況，」我說，「現在你就在這兒，就在我身旁，但好像你還是在那不透亮的古牆裡。我聽到牆裡的窸窸聲、說話聲，可是我聽不清說的是什麼，我不知道那兒有什麼。我不能這樣忍受下去。你總是只說半句話，你從來沒告訴過我，那次在古宅我究竟到了什麼地方，那些長廊是什麼？那醫生是怎麼回事？也許這一切都不曾有過？」

I把手放在我肩上，慢慢地、深深地進到了我眼睛裡：「你想知道這一切嗎？」

「是的，我想知道。我應該知道。」

「你不怕跟我走、任我把你帶到哪兒，永不回頭？」

「是的，任哪兒都可以！」

「好吧。我可以答應你：等過了節日，只要……哦，你的一統號就快了吧？這事我總忘了問。」

「等等，你說〈只要〉什麼？你又吞吞吐吐！〈只要〉什麼？」

她已經到了門口，說：「以後你會知道的……」

只剩我一個人。她只留下了一股淡淡的幽香，就像大牆外飄來的陣陣甜蜜的、乾燥的黃色花粉香；還有就是那深深印在我心裡的一個個鉤狀的問號，它們很像古代人用來釣魚的魚鉤（在史前博物館裡有陳列品）。……她爲什麼突然問起一統號呢？

記事二十四

提要：函數的極限。
復活節。
全部劃掉。

我就像一台超速運轉的機器，軸承發燙，再過一分鐘，那熔化了的金屬就會滴出金屬液體來，於是一切都完了。快澆些冷水，來些邏輯吧！我一桶一桶地往上澆，但是邏輯在灼熱的軸承上嘶嘶作響，升騰起冥濛的白色蒸汽，然後就在空中消散了。

這很明白，要想確定函數的眞正意義，應該考慮函數的極限。還有一點也很明白，昨天荒唐的「在宇宙中的融化」過程的極限就是死亡。因爲死亡是在宇宙中最徹底的融化。由此可知，如果用「Л」來表示愛情，用「C」來表示死亡，那麼Л＝f（C），也即愛情和死亡……

對，正是這樣。因此我害怕I，我和她鬥爭著，我不願意。可是爲什麼在我腦子裡，和「我不願意」同時存在著「我不由自主地願意」呢？可怕的是，我不由自主地希望，昨天令人快意的死能再來。可怕的是，即使現在，當邏輯函數已經一統化，而且它隱隱約約地包括著死亡，但是我的手、我的胸膛、我的嘴唇，以及我肉體的每一毫米都在追求她……

明天是一致同意節。她肯定會去參加。我會見到她，但只能在遠處看她。隔著距離，會使我感到痛苦，因爲我需要，我難以克制地渴望能和她在一起，讓她的手、她的肩膀、她的頭髮……但是即使要忍受這種痛苦我也願意——聽之任之了。

偉大的造福主！您聽我都胡說些什麼，居然希望痛苦。誰不明白，痛苦是負值，加在一起的負值會減少我們稱之爲幸福的總和。

因此……

現在——沒有什麼「因此」的下文了。到此爲止，一切都乾乾淨淨，明白無遺了。

傍晚——

從大樓房間的玻璃門望出去，只見風捲雲霞，一片刺目的粉紅色的霞光，令人惶然不安。我把軟椅轉過來，不讓這片粉紅色的霞光總浮現在我的眼前。我翻看著筆記。我發現自己又忘記了：記事不是爲自己寫的，而是寫給你們看的。我的不相識的讀者們，我愛你們，憐憫你們，因爲你們現在還在遙遠的世紀，步履艱難地蹣跚在人類發展的低級階段。

下面我要寫一寫「全民一致同意節」這一偉大的節日了。我覺得這節日對我們來說，有點像古代人的復活節。我記得，在節日前夕，我總要給自己畫一張按小時計算的時間表。每過一小時就鄭重其事地劃掉一小時——這樣就離節日近了一小時，等待的時間少了一小時……如果我確信別人不會發現的話，老實說，現在我還要隨身帶上這麼一張時間表，隨時看看離明天還有多少時間。

（有人來了，打斷了我的思路：縫紉工廠送來了剛做好的新制服——一般在一致同意節的節日前夕給全體號民發新制服。走廊裡喧嘩了起來，響起了腳步聲和興高采烈的歡呼聲）。我再繼續往下寫——明天我將目睹年年重複又年年新的感人的場景。可以看到萬眾一心、同心同德的偉大力量，可以看到號民們虔誠地舉起的如林的手臂的景觀。明天是每年選舉造福主的節日。明天我們又將向造福主敬獻上我們幸福堅固的玻璃王國的鑰匙。

不言而喻，這和古代人無秩序、無組織的選舉大不一樣。說來可笑，古代人在選舉之前居然對選舉結果一無所知。最愚蠢莫過於，他們竟毫無預見，憑偶然性盲目地建設國家。不管怎麼說，看來要明白這道理，需要經過幾百年的時間。

不消說，在我們王國不論在選舉或其他方面，任何偶然性都沒有它們的位置，也不可能發生任何意外。就連選舉本身的意義主要也是象徵性的：爲的是提醒我們，別忘了我們是統一的、強大的由百萬個細胞構成的一個機體，用古代人《福音書》的話說，我們是統一的教會。因爲大一統王國有史以來，在這盛大的節日裡，沒有任何聲音敢破壞這莊嚴肅穆的齊聲合唱——連一個聲音都沒有。

聽說，古代人選舉是秘密的。他們隱姓埋名、躲躲閃閃，活像一個個賊子。我們有的史學家還肯定地說，古人去參加選舉儀式時，還要精心化裝一番。在我想像中，選舉是這樣一幅荒誕陰森的圖景：黑夜。廣場。一個個身著黑色披肩的影子，躡手躡腳貼著牆根走過來，火把的紅色火舌被風吹得時明時滅。爲什麼要這麼神秘？對於這問題，至今也沒完全解釋清楚。很可能選舉與某種神秘主義的、迷信的，甚至可能是犯罪的儀式有關吧。我們可沒有什麼需要保密的，也沒有什麼見不得人的：我們在光天化日之下進行選舉，是公開的，坦誠的。我看著大家如何選舉造福主，大家也看著我如何選舉造福主。還有別的可能性嗎？既然「大家」和「我」——都是統一的我們。這種選舉比古代人那種賊頭賊腦、膽小如鼠的「秘密」要光明正大、高尙得多。此外，這種選舉也合理得多。因爲如果建議某種不可能的（也就是說在常規的單音和聲裡響起一個不協和音），那麼還有隱身的護衛隊人員呢，他們就在這裡，就在我們隊伍裡，立時就可以確定那些號民誤入了歧途，並前來挽救他們以免再邁錯步子，這也使大一統王國免受其害。最後，還有……

從左邊玻璃牆望出去，只見有個婦女正在櫃門的鏡子前急急忙忙地解開制服紐扣。有一秒鐘的時間，我模模糊糊地看見了她的眼睛、嘴唇和兩個高聳的粉紅色的乳房。接著，窗簾就落了下來。刹那間，我腦子裡又浮現出了昨天的一切。我不知道「最後，還有」是指什麼。我不願意寫這些，不願意！我要的只有I，只要她。我希望她時時刻刻總和我在一起——只和我在一起。現在我寫的一致同意節，都是廢話，剛才我寫下的，我很想劃掉它，把它們撕碎扔掉。因爲我明白，只有與她同在，只有當我們倆肩並肩在一起時，才是我的喜慶節日。沒有她，明天的太陽只是一個白鐵皮的圓圈，天空是一片塗上藍色的大鐵片，而我自己也同樣……

我情急地抓起話筒：「I，是您嗎？」

「是我，您怎麼這麼晚？」

「可能還不算晚。我想求您……我希望您明天和我待在一起。親愛的……」

「親愛的」這三個字我說得輕如耳語。不知爲什麼腦子裡閃過今天早上在飛船站的一件事：人們開玩笑地把一塊表放在百噸級汽錘之下，臉上拂過一陣風——汽錘落下，百噸的重量輕輕地、綿軟地接觸到了脆性的表……

沒有人說話。我彷彿聽到電話那邊——在I的房間裡，有低低的說話聲。後來她說話了：「不行，不能這樣。您也知道，要說我自己……不不，這不可能。爲什麼？明天您就明白了。」

夜晚——

記事二十五

提要：自天而降。

歷史上最大的災禍。

已知的到此結束。

典禮開始之前，全體起立，音樂機器幾百支銅管和幾百萬人齊聲高唱國歌。樂聲像一張莊嚴肅穆的帷幕緩慢地在全體號民頭部上方飄蕩。有一秒鐘的財間，我忘記了一切：忘記了I說過的有關今天節日的令人不安的話，彷彿連I本人我都忘了。現在我又是當年一致同意節爲一個滴在制服上只有我自己能看出來的小墨水漬而哭泣的小男孩。但願周圍人都沒發現我身上無法洗褪的黑墨斑。我知道，我這個有罪之人，在這些坦蕩無私的人群中，不該有我一席之地。唉，我應該站起來，儘快地把自己的一切都大聲宣揚出來，哪怕就此我會遭殃，也都聽之任之了！但我會有一秒鐘的時間感到自己是天真和純潔無瑕的，就像這孩子般純淨的藍天。

所有的眼睛都朝上凝視著。清晨的天空湛藍明澈，還閃爍著滴滴淚珠似的夜露。這時，出現了一個難以察覺的小點，它時而呈現黑色，時而閃射出道道金光。這是他——新耶和華，乘坐著飛船自天而降。他和古代耶和華一樣英明，慈愛又殘忍。時間一分鐘一分鐘過去，他離我們愈來愈近。百萬顆心騰飛起來向他迎去。現在他已經看見我們了。我設想自己和他在一起自上往下鳥瞰：那圓形的觀衆臺上圍著一圈圈藍點的同心圓，上面點綴著細小光點（號碼牌的亮光），就像蜘蛛網上的一道道蛛絲。在蛛網中央，那隻白色的英明的蜘蛛——全身罩著白袍的造福主，即將就座。他用幸福的有益健康的蜘蛛網英明地網佐了我們的手腳。

造福主自天而降的莊嚴場面結束了。管樂的奏樂停止了，全體坐下。這時我立刻領悟到：的確，一切就像一張薄薄的蜘蛛網，它緊繃著，徽微發顫，好像馬上就會抻斷，發生不可思議的意外……

我微微抬起身子，朝四周掃視一遍。我的目光遇到了一雙雙充滿敬愛而又惶恐不安的眼睛，這樣的目光從一張臉上移到另一張臉上。有一個人舉起了手，手指微微地、幾乎難以覺察向另外一個人打了個暗號，對方也同樣打著手勢回答他，還有……

我明白了，他們是護衛隊人員。我知道，他們十分緊張不安，蜘蛛網繃得很緊，在顫動。我的腦子像調到相同波長的無線電，也發生了相應的顫動。

在臺上，一位詩人在朗誦選舉前的頌詩，可是我一個字也沒聽見，只聽到大鐘擺錘按六音步揚抑抑格在規則地擺動。而擺錘每晃動一次，那指定的時間就逼近一分。我一直慌張急促地看著人群裡一張一張的臉，就像在翻閱一頁一頁的書頁。但是我還沒有找到我要找的、那唯一的臉龐。我必須儘快找到她，因爲現在擺錘再擺動一下，就……

他——當然是他。在下面，從台旁光亮的玻璃地面上，一對粉紅色的招風大耳朵很快地飛竄而過，玻璃地面上映出一個像雙環扣似的黑色的S形體。他正急匆匆地朝觀衆台之間橫七豎八的通道那兒跑去。

S和I之間有某種聯繫。依我看他們之間總有一條什麼線連著，但我還不知道是什麼，遲早我會弄明白的。我眼睛緊緊盯住了他。他像一團線團似的滾了過去，後面拖著一條線。好，現在他停下來了……

我彷彿被雷電的高壓電打著了，穿透了，擰成了一個結。在我這圓形橫排離我只40度角的地方，S停了下來，彎下了腰。我發現了I。她旁邊是那討厭的嘿嘿笑著的厚嘴唇的R-13。我腦子裡閃過的第一個念頭是，衝過去向她喊道：「你今天爲什麼和他在一起？爲什麼不要我？」可是那張無形的良性的蛛網牢牢纏住了我的手腳。我咬緊牙關，鐵沉沉地坐在那兒不動，眼睛盯著他倆不放。我感到心裡一陣劇烈的肉體上的疼痛。我記得當時我曾想：「由於非肉體原因引起的肉體上的疼痛，顯然是……」

很遺憾，我沒有得出什麼結論。只記得一時間腦子裡無意識地閃過一個關於「心」的古代熟語「心驚膽戰」。這時六音步頌詩已經念完，我戰戰兢兢地一動不動：眼下就要出事了吧？……會出什麼事呢？選舉前，一般規定有五分鐘的休息。這時通常總是靜默的時間。但是，現在的靜默不是平常的那種眞正虔誠的、肅穆的平靜，它倒像古代暴風雨來臨前的寂靜。那時候古代人還沒有我們的電塔，未被馴服的天空還時常雷雨交加。狂風肆虐。

空氣彷彿是塊透明的鑄鐵。你不由得想大口大口地吸氣。我耳朵緊張得發疼。記錄著周圍的聲響：後面傳來像耗子咬東西的令人不安的沙沙聲。我垂著眼睛，總是看見肩並肩坐在一起的I和R，還有我膝蓋上的兩隻手——不是我的手，是令人厭惡的、毛茸茸的手。

每個人手裡都握著帶表的號碼牌。一分，兩分，三分……五分……臺上傳來一個鑄鐵般沉重的、緩慢的聲音：「贊成的，請舉手。」

以前，我能忠誠地、坦蕩地直視他的眼睛，意思是說：「我的一切都在這兒。一切都在這兒。毫無保留地獻給你！」但是現在我不敢。我艱難地舉起了手，彷彿所有的關節都鏽住了。

幾百萬隻手簌簌響著舉了起來。有人壓低嗓子「啊！」了一聲。我感到已經出事了，發生得好快。但是我不明白出了什麼事，我沒有勇氣，不敢抬眼……

「有反對的嗎？」

以往，這一刻是節日最莊重的時刻。全體肅穆端坐，對最偉大號碼賜予我們的良性桎梏，低首下心，喜不自勝。但此刻，我惶恐地又聽到了簌簌的響聲，聲音輕得像——聲喘息，但卻比剛才銅樂齊奏的國歌聽得更真切。它像人在生命終結時吐出的最後的一口氣，局圍的人臉色煞白，每個人的額頭都滲出了冷汗。

我抬起眼來……

只有百分之一秒的時間。在此一髮千鈞之際，我看見幾千隻「反對」的手刷地舉起又落下了。我看見了I那張打著X的蒼白的臉和她舉起的手。我眼前一陣發黑。

又是一個百分之一秒的須臾的瞬間，冷場，悄無聲息，只有脈博聲隱約可聞。接著，彷彿全場聽從一個瘋子的指揮似的，所有看臺上霎時間響起了喀嚓聲、喊叫聲；制服在奔跑，在飛揚，像一陣旋風，護衛隊人員驚慌失措地狂奔亂跑；就在我眼前閃過一雙雙的鞋底，旁邊是一張拼命喊叫的張得大大的嘴，卻又聽不見聲音。幾千張嘴在大聲喊叫，但沒有聲音，就像恐怖影片裡的一個鏡頭——不知爲什麼這個片斷像刀刻斧鑿一般地留在我記憶中了。

好像也在銀幕上似的，在下邊遠處，我有一秒鐘的時間瞥見了O毫全無血色的嘴唇。她緊貼著通道的牆站在那兒，兩隻手交叉地擋在腹部。一眨眼，她已經不見了，被沖掉了，也許我忘記了她，因爲……

下面發生的事不再是銀幕上的鏡頭，它發生在我腦子裡，在我抽緊的心裡，在我撲撲跳的太陽穴裡：在我左上方，R-13突然從長凳上跳了起來，滿嘴唾沫，臉漲得通紅，像瘋了一般。他手上抱著臉色慘白的I，她身上的制服從肩頭撕裂到胸口，白皙的皮膚上淌著鮮紅的血。她緊緊勾住了R的頸脖。他跨著大步從一條長凳跳到另一條長凳，模樣醜陋，但又靈活，就像隻大猩猩，抱著她往上跑去。

就像古代失火了一般，四周火紅一片。我心裡只有一個念頭：跳過去，抓住他們。現在我也無法解釋，哪來那麼大的氣力。

我像個沖錘似的衝開人群，踏著別人的肩頭，跳過一條條長凳……很快就趕了上去，一把抓住了R的衣領中：「你敢！你敢！聽見沒有I馬上……」幸虧我的聲音聽不見，因爲所有的人都在喊叫，都在奔竄。

「誰？怎麼回事？怎麼啦？」他回過頭來，噴著唾沫星子的嘴唇在索索發抖。他大概以爲護衛隊人員逮住了他。

「怎麼啦！我不願意，我不答應！把她放下來，立刻放下來！」

但是他只是忿忿地用嘴唇噗地吐了口氣、搖搖頭，又往前跑去。

下面要寫的事眞使我感到十分羞愧。但是我覺得，還是應該記下來，可以讓你們我不相識的讀者們，對我的病史做出全面的研究。當時，我揮起手朝他腦袋使勁打去。你們明白嗎，我打了他！這一點我記得很清楚。我記得，這一拳打下去，我當時感到一種解脫，全身都感到輕鬆。

I一下子從他手上出溜到地上。

「您走吧，」她對R大聲說，「您還看不出來，他……走吧，R，走吧！」

R齜著黑人般的白牙，朝我啪啪噴出一句話，就往下竄去，不見了。我把I抱在手上，緊緊貼在身上，抱著她走了。

我的心通通地在跳，心臟在膨脹變大，每跳一下，就湧出一股熾熱的、瘋狂的、歡樂的激浪！任憑天塌地陷，我全然不顧！但願能永遠這樣抱著她走啊走……

夜晚，22點。

我的手連筆桿都快握不住了。今天早上發生了這麼多令人頭暈目眩的意外，我感到疲憊不堪。難道大一統王國保障我們安全的、永恆的大牆果真坍塌了？難道我們又將無家可歸，像我們遠祖那樣生活在自由的野蠻狀態？難道沒有造福主了？

反對票……在一致同意節投反對票？我爲他們感到羞傀、心痛、擔心害怕。可是「他們」是誰？我自己又是誰？我屬於「他們」，還是「我們」，難道我說得清楚嗎？

我把她抱上了最高一階的看臺。現在她坐在曬得發燙的玻璃長凳上。她右肩和右肩下方——那最美妙的、難以計算的曲線的開端處——裸露在外，一道纖細的鮮紅血流逶迤在上面。她彷彿沒有注意這道血蹟和裸露著的胸……不，不盡然。她注意到了這一切，但她正需要這樣，如果現在她穿的是緊扣的制服，她會把它撕開，她……

「明天，」她透過亮晶晶的咬緊的牙齒縫深深地吸著氣說：「明天，不知會發生什麼。你明白嗎，不僅我不知道，誰都不知道，不清楚。要知道，我們已知的一切已經結束，新的無法揣測，也無先例可循。」

下面，人海在沸騰，飛濺著浪花，東西奔突，喊叫不止。但這一切離我們很遠，而且愈來愈遠，因爲她正凝視著我，把我慢慢地拉進她狹窄的金黃瞳孔的窗戶裡去。我們很久地默默坐著。

不知怎麼我回憶起，曾有一天我隔著綠色大牆，也朝那對莫名其妙的眼睛凝視了許久，大牆上還有一群飛鳥在盤旋，翻飛（也許是另一次）。「你聽我說，如果明天沒有什麼意外的話，我帶你去那兒，你明白嗎？」

我，我沒聽懂，但我默默地點了點頭。我已經融化了，變成了無限小，只是一個點……

但是，在這個點的形態中，歸根到底也有自己的邏輯（今天的邏輯）：在點的狀態中，包含最多的未知數，只要這個點移動或微微晃動一下，它就會變成幾千條形態各異的曲線和幾百個主體形態……

現在，我不敢動彈。我會變成什麼呢？我覺得，所有號民都和我一樣一動也不敢動。現在，當我寫這篇記事時，他們都關在自己的玻璃斗室裡，等待著可能發生的事。

走廊裡聽不到平時嗡嗡的電梯聲、笑聲和腳步聲。只偶爾能見到兩個兩個的號民從走廊裡過去，他們踮著腳尖，悄悄耳語幾句，不時回頭張望著……

明天會出什麼事？明天我會變成什麼呢？

記事二十六

提要：世界是存在的。
斑疹。
體溫41度。

清晨。透過玻璃天花板望出去，天空還像往常那般結實，圓圓的就像紅紅的臉頰。如果今天我睜眼看到天上是個四方形的太陽，如果看到的是披著各種顏色獸皮的人們，而四周的牆都是不透亮的磚牆——這樣，我大概不會感到十分驚奇。這麼說，世界——我們的世界，當然依然是存在的囉？也許世界之所以存在，只是慣性的緣故，就像一台已切斷電源的發電機，它的齒輪還喀喀地在轉動，還要再轉上兩圈、三圈，要轉到第四圈時才會停歇下來……

你曾經有過這種奇特的體驗嗎？半夜你醒了過來，睜開眼，只見一片漆黑，你突然覺得自己失去了方向，不知東西南北了。

你就想趕緊，儘快確定周圍的環境。你想要尋找你所熟悉的和牢靠的東西，比如，能摸到一牆牆壁、一盞燈或一把椅子。我正是懷著這樣的心情，看著《大一統王國報》在尋找，我急急忙忙地找著……找到了：

「大家久已期待的一致同意節慶典昨天舉行了。無數次證明自己絕對英明的我們的造福主，第48次再度全票當選。選舉慶典上曾發生了某些騷亂。這是反對幸福的敵人蓄意搗亂，從而破壞了慶典的良好氣氛。因此，他們也就無權再保持作為大一統王國新任政權基礎的普通一分子。我們每個人都確知，如果承認他們的選票，那是十分荒唐的，就像音樂大廳裡正演奏一曲雄壯的英雄交響樂時，把大廳裡幾個病人偶然發出的咳嗽聲，也當成交響曲的組成部分……」

啊，英明的造福主！難道我們最終還是得救了？對這透徹清晰如水晶的邏輯三段推理，難道還可能提出什麼異議嗎？下面還有幾行字：

「今天12點正，將召開行政局、衛生局和護衛隊的聯席會議。近日即將採取一項重要的全民性措施。」

是的，一座座大牆仍屹然挺立。它們還在！我能感覺到它們的存在。現在我已經沒有那種失落無措的感覺，那種不知身在何處、不辨方向的感覺。當我看見藍色的天空和圓圓的太陽，我毫不感到驚奇，大家都像往常一樣上班去工作……

我走在大街上，腳步特別堅定、有力。我覺得，別人走路時也和我一樣。前面是十字路口的轉角。我發現，人們都奇怪地繞著轉角上的那幢樓房走，好像牆裡有條管子正朝外滋涼水，人們都無法從人行道上過去。

再往前走五步到十步，我也感到有一股涼水朝我劈頭蓋臉澆來，一下子把我從人行道上衝開去……大約在二米左右高的牆上，貼著一張四方形的紙，上面用毒汁似的綠墨水寫著兩個莫名其妙的字：梅菲①

紙下面站著一個雙曲線的人形，背朝著我，兩隻透明的招風大耳朵由於憤怒，也許由於激動在索索發顫。他伸出胳賭使勁去搆那張紙，左胳膊像一隻受傷的翅膀無力地向後垂著。他又蹦又跳地想扯下那張紙。但是他搆不著紙——只差一點兒。

大概每個過路人都這麼想：「這兒有這麼多人，如果只有我上去幫他忙，他會不會以爲我有過錯，所以才想去……」

坦白地說，我也是這樣想的。但我想起，他曾多次充當過我的眞正的護佑神，多次救過我，於是我鼓起勇氣伸手把那張紙撕了下來。

S轉過身，無數根芒刺迅疾地朝我飛來，鑽進我心裡，並且在那裡發現了什麼，接著，他朝牆上原先貼著「梅菲」的地方抬了抬左眉。他微微笑了笑——奇怪，彷彿臨了他的笑容裡還透出幾分快活的神情。不過，這有什麼可奇怪的呢！醫生寧願病人出斑疹，體溫升高到40度，而不願病人在潛伏期令人心焦的、緩慢上升的體溫。因爲前者至少容易確診這是什麼病症。我理解他笑的含義[2]。

我下了地下鐵道。腳下乾淨的玻璃梯級上又貼著一張「梅菲」的白紙。在地鐵的牆上、長凳上、車廂的鏡子上，都是一張張嚇人的白色斑疹點。看來貼得很匆促、馬虎，還歪歪扭扭。

車輪的嗡嗡聲在寂靜中使人感到好響，就像發高燒時的血液中的嗚嗚聲。有個號民肩膀被人撞了一下，他一哆嗦，手裡的一卷紙就掉了下來。我左邊的一個號民正在讀報，眼睛總是盯著一行字，就那一行字，一直在看著，他手上的報紙正微微地、難以覺察地在顫動。我到處都感到脈博在加快，無論在車輪裡，在手上，在報紙裡，甚至在眼睫毛裡。大概今天我和 I-330 到那兒時，溫度會升高到溫度計黑色刻度的 39 度，40 度，41 度……

在飛船站，在同樣的寂靜中，響著遠處我們看不見的螺旋槳的嗡嗡聲。車床陰沉著臉默默站在那兒。只有起重機悄悄地，彷彿踮著腳尖在滑動著，不時彎下腰來，用它們的大爪子抱起一團團冷縮的空氣，往一統號的船槽裡裝。第一次試航的準備工作，已經開始了。

「怎麼樣，一星期能裝完嗎？」我問第二設計師。他的臉像個瓷盤，上面描著甜蜜的藍色和嬌嫩的小粉花（那是眼睛和嘴唇），但是今天這些小花彷彿褪色了，沖淡了。我們出聲數著數。我數到半截，突然打住了，張著大嘴楞在那兒：在圓頂之下，裝載著藍色空氣團的大起重機上也隱約可見一張四角見方的白紙。我只覺得渾身直抖，大概是笑得發顫了，眞的，我感到自己在笑（你感到過自己的笑嗎，有過這種體驗嗎？）

「您聽我說，假如您坐在一架古代飛機上，高度五千公尺，突然機翼折斷，您頭朝下栽去……可是在墜落的半空中，您還計算著什麼明天 12 點到 2 點幹什麼……2 點到 6 點……6 點吃飯！這難道不可笑嗎？我們現在不正是這樣嗎？」我對第二設計師說。

小藍花移動起來，並且瞪了出來。如果我是個玻璃人，不知道三四小時以後會發生什麼的話，那會怎樣呢？……

注：

①《浮士德》中的魔鬼梅菲斯特的簡稱。

②應該說，我只是在經過好多天之後，經歷了那幾天充滿了意外的、怪異件之後，才瞭解了他微笑的確切含義。——原注

記事二十七

提要：不能沒有提要。

在無止境的長廊裡（以前我曾去過），只有我一個人。天空啞然無聲，彷彿是水泥澆灌的。不知哪兒有水滴落在石頭上的聲響。我前面是那扇熟悉的、沉甸甸的，不透亮的門，裡面傳出來低沉的嘈雜聲。

她說，她正16點出來見我。但是現在已經16點過5分了，過10分了，過15分了，可是還不見人出來……

突然（只一秒的瞬間）我（原先的我）感到害怕——如果這扇門打開的話……再等最後五分鐘，如果她再不出來……

不知什麼地方有水滴在石頭上的聲音。沒有人。我又愁又高興，彷彿覺得自己得救了。我慢慢地從長廊往回走。長廊頂上成串的盞盞小燈在顫抖，燈光愈來愈模糊，愈來愈昏暗。

突然，我後面的門急促地匡噹一聲響了，接著是匆匆的腳步聲。聲音撞到廊頂和四壁，又輕輕折回空中。她像飛似的奔來，張著嘴微喘著說：「我知道你會來的，你會來這兒的！我知道，你——你……」

長矛似的睫毛，往兩旁閃開，讓我進去……當她嘴唇印在我嘴唇上時，這種古代的、荒謬的、令人陶醉的禮儀，對我所起的作用眞無法言傳！怎樣來形容在我心靈中捲起的那股狂飆呢？它席捲了我心靈中的一切，唯有她留下了。眞的，她確實就在我心靈裡，你們要笑話我吧，那就請便吧。

她費力地慢慢抬起眼瞼，又費力地慢悠悠地說道：「不，夠了……以後吧。現在我們走吧。」

門開了。那裡臺階都已踩舊，磨損，聲音嘈雜得使人難以忍受，還有尖哨聲，亮光……

自此以後，一晝夜已過去，我心裡漸漸平靜下來。可是即使讓我對此作出相對準確的描繪，我也無能爲力。我腦袋裡彷彿爆炸了一枚炸彈，那一張張嚎叫的大嘴、翅膀、喊叫聲、樹葉的簌簌聲，說話聲，石塊……它們都近在身旁，成群成堆地，使你應接不暇。

我記得，我首先想到的是：我得趕緊回來。因爲我明白了，當我在長廊裡等待時，他們炸毀了，破壞了綠色大牆。牆外烏七八糟的東西都湧了過來，浸漫了我們這個已經沒有低級世界髒物的淨界。

大概我對I說了類似的話。她笑了起來：「不不！我們只是離開那邊走到綠色大牆外邊來了。」

這時我睜開了眼睛。現在我面對面地、清醒地看到了我們號民們誰也不曾見過的事物，過去由於隔了一層模糊的大牆玻璃，它們被縮小了一千倍，而且面目不清。

太陽……這裡的太陽不是我們那個均勻地灑照在馬路玻璃面上的太陽。這裡的太陽是活生生的多棱面的閃爍的光體。它不停地跳動著放射出令人頭暈目眩的道道亮光。樹木像直竄天空筆直的蠟燭，有的像趴在地上的蜘蛛爪子，又有的像無聲的綠色噴泉……它們都在運動、顫悠、沙沙作響。一個毛糙的小圓球狀的東西匆匆忙忙地從我腳下滾了開去，可是我彷彿釘在那裡，一步也挪動不了——因爲我腳下的不是平面，你明白嗎，不是平面，而是討厭的、軟綿綿的、黏乎乎的、綠色的、柔韌的活物。

我被這一切震得發昏，喘不過氣來——這大概是最恰當的用詞。我站在那兒，兩隻手緊緊抓住了一根晃晃悠悠的樹枝。

「不要緊，不要緊！因爲你剛來，會過去的。膽子放大些！」

和I一起站在那跳動得令人頭暈的綠色網上的，是某個紙剪的薄薄的側影……不，不是「某個」，我認識他。我記得，他是醫生……是的，我對此非常清楚。我心裡非常明白：他倆挽著我的胳膊，笑著拉著我往前走。我的腳磕磕絆絆，打著滑，走不穩。四周是烏鴉啞啞的叫聲，地上到處是青苔和坑窪，老鷹嗷嗷地叫著，還有樹枝、樹幹、翅膀、樹葉、尖哨聲……

現在，樹林子往兩邊讓出道來，中間是一片陽光明媚的林中空地。空地上站著一群人……其實我眞不知該怎麼稱呼才對，可能確切地說是——生靈。

下面的事最使我爲難。因爲這已超出了一切可能的界限。現在我才知道，爲什麼I總是避而不談這些。如果她談了，我反正也不會信的，連她也不相信。可能明天我連自己也不信了，也不相信這裡寫的事。

林中空地上有一塊像頭蓋骨似的光禿的石頭，石旁喧喧嚷嚷圍立著三四百來……人——姑且稱爲「人」吧，眞不知用什麼詞才好。在人頭攢動的石頭高臺周圍，你一眼望去，首先看見的是熟人的臉；在這裡，同樣我首先看見的只是我們灰藍色的制服。過一秒鐘後，在制服群中，我又十分清晰、很容易地辨出了黑色、紅棕、金黃、深褐、灰色和白色的人們——看來，他們都是人。

他們都不穿衣服，披著亮晶晶的短毛，就像史前期歷史博物館中公開陳列的騎在馬（標本）背上的那個女性。但是這裡的女性的臉和我們婦女的臉完全一樣，無絲毫差異，粉嫩而且沒有毛，胸部那具有美麗的幾何曲線的結實豐滿的乳房上也沒有毛。而男性，只有臉部沒有毛，就像我們祖先一般。

這一切太難以置信，太突然，以致我反倒平靜地站在那兒。我完全可以肯定地說：我平靜地站在那兒看著。比方說，有一架天平秤，當你在一個稱盤裡放上過多的重量，以後任憑你再放多少，指標反正也不再會移動了……

突然，只剩我獨自一人了。I已經不在我身旁。我不知道她怎麼就不見了，也不知道她去哪兒了。周圍都是披著毛皮的人，在陽光下他們身上的毛像晶亮的緞子閃閃發亮。我抓住一個熱呼呼的結實的黑色肩膀問道：「看在造福主的份上，請問您有沒有看見她去哪兒了？她剛才還在，一下子就……」

我眼前是兩條毛茸茸的、緊蹙的眉毛：「噓——！別說話，」他朝林中空地中央那塊頭蓋骨似的黃石頭揚了揚毛烘烘的眉毛。

在那兒我看見了她，正高高地站在衆人之上。太陽光明晃晃地從對面直射眼睛。她站在藍色天幕上，太陽從背後照射過來，把她全身勾勒出一個輪廓清晰的黑炭似的身影。離她頭不遠處飄浮著雲彩。彷彿不是雲而是石頭在移動，而她正站在石頭上，後面是人群，林中空地像只艦船無聲息地在滑翔——腳下的大地在輕輕地飄向遠方……

「弟兄們……」她說，「弟兄們！你們都知道，大牆那邊的那座城裡，正在建造一統號。你們也知道，摧毀這座大牆以及所有的牆的日子已經到來，讓綠色的風從這裡吹向那邊，吹遍大地。但是，一統號將把那些牆帶上太空，帶到幾千個其他的星球上去。這些星星今夜又將在黑色的樹葉孔隙閃閃爍爍地向我們絮語……」

人的浪潮，水花和風向石頭湧去：「打倒一統號！滾它的蛋！」

「不，弟兄們，不必打倒它。但是，一統號應該是我們的。當它第一次離開地球駛向太空時，飛船上的人將是我們。因爲一統號的設計師和我們在一起。他拋棄了那些牆，和我一起來到了這裡，和你們在一起。設計師萬歲！」

霎時間，我已經站到高處，下面滿眼是腦袋，一個個的腦袋……腦袋……和呼喊著的張得大大的嘴，舉起來又落下去的手臂。這情景十分奇特又令人陶醉。我覺得自己在眾人之上，我是我，一個單獨的個體，我是一個世界，我不再是整體的一部分（像往常那樣），而成了一個個體。

現在我又在下面緊靠在石頭旁。我彷彿經過戀人熱情的擁抱後，渾身幸福地被揉皺了。太陽照耀著，上面傳來各種聲音，還有I的微笑。一個金髮女人，全身像緞子般晶亮；身上散發著草的芳香，手上拿著一隻看來是木製的碗。她殷紅的嘴啜飲一口後，遞給我喝。我閉上眼饑渴地喝著這甘美、亮晶晶的辛辣的飲料，想用它來澆滅我胸中之火。

然後，我渾身血液和整個世界，加速一千倍地流動和旋轉起來，地球輕快地飛旋，輕如羽毛。我感到身上輕鬆，簡單，明快。

現在我才看到石塊上有兩個我曾見過的碩大的字「梅菲」。

不知爲什麼讓人覺得這兩個字是很需要的，它們像一條簡單的、牢固的線把一切都串聯了起來。好像也在這塊石頭上，我看見有個粗線勾勒的青年人體圖像，長著翅膀，身體透明，位於心臟處的是一塊奪目的、燃燒著的紅彤彤的煤塊。我又覺得我理解它……也許不是理解，而是感覺，就像我聽不見I說的話，但我卻感覺到她說的每一個字（她正站在石頭上講話）；我感覺到大家都一起在呼吸，一起都會飛往某個地方，就像那天大牆上飛翔的鳥群……

後面，稠人廣眾呼吸著的人群中，突然有個聲音嚷嚷了起米：「但這是狂熱！」

這時，好像是我，對，我想這的確是我，我跳上石頭，站在石頭上，我看到了太陽，眾人的腦袋和藍色天幕上一排排綠色的鋸齒，我喊道：「是的，一點不錯！所有的人都必須發狂，必須讓所有人都發狂，要盡可能快些！我知道，這是必須的。」

我身旁站著I。她微笑著，從嘴角向上有兩道深色的溝印。

我胸中是一塊燃著的煤，這感覺只有一瞬間，我感到輕鬆，又有些微的疼痛，美極了……

後來，在我心裡卻只剩下一些散亂的感情和回憶的碎片。

一隻鳥慢慢地低飛著。我發現，它也和我一樣是有生命的，它的頭也和人一樣能左右旋轉，圓圓的黑眼珠向我投來錐子般的目光……

我又看見一個人的背部，長著 亮的棕黃色皮毛。一隻翅膀透明的黑色小飛蟲在上面爬，他背部抖了一下，想把小蟲甩掉，又抖了一下……

我還看見，地上映著樹枝和樹葉編織成的扶疏的綠蔭。暗影裡有些人躺著，嚼著像古代人食用的稀奇古怪的食物：長條狀的黃色果物和一塊黑色的食品。有個女人塞我手裡一塊，我覺得很可笑，也不知道能不能吃。

我眼前又是人群，他們的一個個腦袋、胳膊、腿腳和嘴巴。人們的臉有時很快抬起來，然後又低下看不見了——就像氣泡似的破了，消失了。突然，我彷彿看見了那對透明的、忽閃著飛過招風耳朵，也許只是我的感覺，只一秒鐘就不見了。

我使勁捏住了I的手。她回過頭來：「你怎麼啦？」

「他在這兒……我覺得……」

「他是誰？」

「……就剛在……在人群裡……」

黑炭似的細眉眉梢向上一挑——一個尖利的三角形——她笑了。我不明白她爲什麼笑，怎麼還笑呢？「你不明白，I，你不明白。如果他，或者他們那幫人之中有誰在這兒，那意味著什麼嗎？」

「你眞可笑！大牆那邊誰會想到我們在這兒呢？你不妨回想一下，就拿你來說吧，以前難道你曾想過，這是可能的嗎？他們正在搜捕我們，任他們抓去吧！你在說胡話！」

她輕鬆、愉快地微笑了，我也笑了。整個大地都陶醉了，它快活地、輕盈地在飄蕩……

記事二十八

提要：她倆。

熵[1]與力。

人體中不透明的部位。

如果你們的世界和我們遠古祖先的世界相似的話，你們不妨設想，一天你們無意中突然發現了世界的第六或第七大洲亞特蘭提斯[2]，那裡的城市是我們前所未聞的，都像古希臘神話中的迷宮。那裡的人無需借助翅膀或乘坐飛船，就可以在空中飛翔，人們憑目力就可以舉起石塊。總之，那裡的東西，即使當你患了夢幻症也難以想像。昨天我就遇上了類似情況。因爲自二百年大戰以來，我們從來沒有人去過綠色大牆外邊——以前我曾對你們說起過。

我不相識的朋友們，我知道自己有義務向你們詳盡地描述我昨天見到的——那個奇特而又難以想像的世界。但是目前我仍很難來談這個題目。新的事件一件接著一件在不斷發生，就像暴雨一般傾瀉而來，我眞是應接不暇：我扯起了制服的衣襟去接，伸出了雙手去捧，但整桶整桶的雨水仍然撥灑掉了。這裡我所記的，只是濺落到紙上的幾滴水珠罷了。

起初，我聽到我背後房間門外有人在大聲吵鬧，其中有I的聲音——堅韌有力，錚錚作響；另一個聲音，死板板的，像把木尺——這是Ю的聲音。接著，我的門突然嘩拉一聲敞開，她倆飛速彈射了進來——用「彈射」正是形神兼備。

I的手扶著我的椅背，向右側著頭面對著Ю，只有牙齒露出些微笑意——眞是這樣。我不太願意看見她這副模樣：含笑高踞在我之上。

「您聽我說，」I對我說，「這個女人似乎以爲她有責任，把您像個孩子似的保護起來，以免和我接觸。這是您同意的嗎？」

這時，那個女人說話了，臉上的鰓幫子直顫：「是的，他就是一個孩子。確實如此！所以他沒有發現，您這樣對待他只是爲了……這一切不過是場鬧劇。的確如此！所以我有責任……」

鏡子裡閃現出我那折斷了的、顫抖著的劍眉。我倏地站了起來，好不容易克制住那個揑著索索發顫的毛茸茸拳頭的「我」；我費力地從牙縫裡擠出一個個字，直視著她的腮幫子喊道：「馬上給我——出去！馬上滾！」

腮幫子一下子漲成了豬肝色，癟了起來，隨即又癟了下去，變成了灰色。她張大了嘴想說什麼，但什麼也沒說出來，砰地一甩門走了。

我急忙跑到I跟前：「這件事我永遠，我永遠也不能原諒自己，她竟敢來阻攔你！但你不會想到，她……我知道，因爲她想登記我，而我……」

「幸好，她來不及登記了，像她這樣的，即使有一千個，我都無所謂。我知道，你不會去相信她那樣的一千個，而只相信我一個。昨天的事發生以後，我整個人都毫無保留地袒露在你眼前了，這本是你的願望。我已掌握在你的手裡，你隨時都可以去……」

隨時可以去幹……什麼？我馬上明白她指的是什麼。血頓時湧上我的耳朵和臉頰。我喊道，「別這麼說，再別這麼說！難道你還不知道，那是另一個我，過去的我，而現在……」

「誰瞭解你呢……一個人就像一本小說，沒讀到最後一頁，你是無法知道最後結局的。否則也就不值得一讀了。」

她撫摸著我的頭。我看不見她的臉，但從聲音裡可以感覺到，她正凝望著遠處，眼睛緊隨著一片雲彩，緩緩地不知飄向何方……

突然，她的充滿柔情的手又毅然決然地推開了我：「我告訴你，我這次來是要對你說，也許我們的日子已經不多了……你知道嗎，從今天晚上開始——所有的講演廳都取消了。」

「取消了？」

「是的。剛才我路過講演廳時，看見裡面正在準備什麼，擺上了一張張桌子，還有穿白大袍的醫生。」

「這什麼意思？」

「不知道。目前誰都不清楚。這是最糟糕的。我只感覺到，他們已接通電源，電光在閃動，不是今天就是明天……但是，也許他們來不及了。」

我早已不再考慮，他們是誰，我們是誰。我也弄不清楚。我希望他們來得及呢，還是來不及？只有一點我很明白：I現在正走在懸崖邊緣，眼看就會……

「但這太不明智，」我說，「你們和大一統王國較量，這無異於用手去捂住槍口，以爲這樣子彈就射不出來。這簡直是發瘋！」

I微微一笑：「〈所有的人必須發瘋，要儘快地發瘋！〉有個人昨天這樣說過，你還記得嗎？在那邊……」

是的，這句話已經記在記事稿裡了。當然確有其事。我默默看著她的臉，此刻她臉上那深色的X分外明顯。

「I，親愛的，現在還為時不晚……只要你願意，我可以拋下一切，忘記過去，和你一起去大牆那邊，和他們一起……雖然我還不知道，他們是誰。」

她搖了搖頭。在她黑幽幽眼睛的兩扇窗戶裡，我看到那裡已是乾柴烈火，爐火正旺，火苗直往上竄，飛濺著火星。我明白了：已經晚了，我的話已無濟於事……

她站起來準備走了。也許這已是最後的幾天，也許只是最後的幾分鐘……我抓住了她的手。

「不！求你再待一會兒，看在……份上，看在……的份上……」

她拿起我毛茸茸的手，慢慢地舉到亮處。我最討厭這隻手，想把手抽出來，但她抓得很緊。

「你的手……你不知道，很少有人知道，從這城裡去的女人常常會愛上那些男人。很可能，你身上有幾滴太陽和森林的血。也許，因此我愛上了你……」

沉默。多麼奇怪，由於沉默，由於空寂和一無所有——我的心激烈地跳動起來，我喊道：「啊！你還不能走！你不能走！在這之前，你要告訴我那些男人是誰，因爲你愛他們……可是我卻不知道他們是誰，從哪裡來的……」

「他們是誰？他們是我們失去的一半，H^2和O，爲了要獲得水、小溪、大海、瀑布、浪濤和暴風雨，這兩個一半必須合起來成爲H^2O……」

當時她的每個動作我記得都很清晰。我記得，她從桌上拿起我的一塊玻璃三角尺。我說話的時候，她用尺子的邊棱按著自己的臉頰，上面印出一道白杠杠，然後又平復了，變成粉紅色，最後消失了。奇怪的是，她說的話我都忘記了，尤其是開頭說的話，留在我記憶中的只是一些個別的意象和色彩。

我記得，一開始談到了二百年大戰。綠色的草地上灑遍殷紅的顏色，在深色的土地上、藍色的雪地上隨處可見一攤攤永不乾涸的紅色水窪。後來，出現了一片片被太陽曬得焦枯的黃草地，還有赤身裸體、面容枯黃、蓬首垢面的人和毛髮蓬亂的狗——旁邊是死了的狗，也許是餓殍浮腫的人的屍體……當然這一切都發生在大牆之外，因爲城市已經取得了勝利，城裡已經開始食用我們今天的石油食物。

幾乎從蒼穹到地面都是黑沉沉的片片煙霧，它們飄浮著，在樹林的村莊的上空煙霧變成了緩緩移動的煙柱。人們低沉地嚎哭著，望不到盡頭的黑壓壓的人流，正被驅趕進城市去，爲了要強制地拯救他們，迫使他們得到幸福。

「這一切你差不多都知道吧？」

「是的，差不多都知道。」

「但是你不知道，當然也只有少數人知道，他們之中有很少一部分人活了下來，留在了大牆之外。他們赤身裸體躲進了森林。在那裡他們向樹林、野獸、飛禽、花草和太陽學會了一切。他們身上長出了長長的毛髮，但是在毛髮之下卻保留了鮮紅的熱血。你們卻比他們糟。你們身上長滿了像蝨子一樣的數字，它們在你們身上亂爬。應該把你們身上這些東西都撕下來，扒得光光的，把你們趕到森林裡去。讓你們也學會因恐懼、喜悅、激怒、寒冷而發顫，讓你們去向火禱告乞求。而我們梅菲，我們要……」

「等一等，什麼是〈梅菲〉？〈梅菲〉是什麼意思？」

「梅菲嗎？這是個古代人名，他就是那個……你記得大牆外邊刻在一塊大石頭上的青年人形嗎？……不，我還是用你們的語言來解釋更好，你很快就會明白的。世界上有兩種力量：熵和力，一種力量導致舒適的平靜和幸福的平衡，另一種導致平衡的破壞，使事物永遠處於無窮盡的痛苦的運動之中。我們的祖先，確切地說，你們的祖先基督徒們崇尚熵，像上帝般對它頂禮膜拜，但我們是反基督的，我們……」

正在這時，我忽然聽到輕輕的叩門聲，聲音輕得像耳語——一個人飛快地衝了進來。就是那個帽子壓到眼睛上、鼻子扁平的人，以前曾多次給我帶來I的便條。

他跑到我們跟前收住腳時，喘得像一部氣泵，連一句話都說不出來。大概是一路拼命跑來的。

「快說話呀！出什麼事了？」I抓住他的手問。

「他們上——這兒來了……」氣泵總算緩過氣來了，「警衛隊來了……和他們一起來的還有那個……怎麼說呢……像駝背模樣的……」

「S？」

「對了！他們已經到了，進樓了。馬上就會來這兒。快，快！」

「沒關係！來得及……」I笑了，眼睛裡閃爍著快活的火花。

她這種表現，也許可以說是荒唐又不理智的逞能蠻勇——也許其中還有我無法理解的奧妙。

「I，看在造福主的份上！你要明白，這可是……」

「看在造福主的份上，」她笑了，臉上顯出一個尖刻的三角形。

「就眞……看我的面子……我求求你。」

「噢，我還有件事要和你談一下……算了，沒什麼關係，明天吧……」

她快活地（的確是快活地）朝我點點頭，那個人也從前額的帽檐下露了露臉，也朝我點了點頭。現在只剩下我一個人了。

快些坐到書桌旁去！我打開記事書稿，拿起了筆。希望他們來時發現我正在幹有利於大一統王國的事。突然，我覺得頭上一根一根頭髮都活了，分開了，動了起來：「萬一他們突然要讀最近寫的那幾篇記事——只要讀上一頁，就完了！」

我一動不動地坐在桌旁，但我看見四周的牆壁都在顫動，手裡的筆也索索抖著，眼前的字浮動著都擠到一起去了……

把記事稿藏起來？可是往哪裡藏呢？周圍到處是玻璃，燒了它們。但是他們從走廊和隔壁的房間裡會看到火光的。再說我也不能這麼做，我沒有勇氣去毀掉這部充滿痛苦，卻又是我最珍貴的身心的一部分。

遠處走廊裡已傳來了說話聲和腳步聲。我只來得及順手抄起一摞稿頁塞在屁股下麵。然後像焊住在椅子上似的一動也不動了。椅子上每個最小的粒子都在顫動，而腳下的地板晃悠得像船上的甲板，上上下下……

我全身縮成一小團，躲在我那凸起的前額下，從蹙緊的眉頭下賊溜溜地偷眼瞧著他們：他們挨著房間從走廊右邊的房間查起，越來越近了。有些號民坐在自己房間裡一動不動，就像我一樣，有些號民則趕緊站起來歡迎他們的到來，把大門敞得大大的。他們多幸福！如果我也能像他們那樣……

「造福主是人類不可或缺的最佳、最優質的消毒劑。由於進行了這種消毒，大一統王國機體內不再存在任何動亂……」我索索發抖的手使勁在紙上擠出這樣一些純屬廢話的語言，我俯首在桌上，頭越趴越低，而腦袋卻像一個瘋狂的打鐵鋪……我的背部凝神聽著……我聽見門把喀嚓擰動了……帶進一陣風來……

我坐著的椅子晃動起來……

這時，我好不容易才從書稿上抬起頭來，朝進屋的人轉過臉去（演滑稽戲可不容易……對了，今天有人對我說起過滑稽戲的事）。站在這些人最前面的是S，他繃著臉，一言不發，目光像錐子似的深深鑽進我的心裡，鑽進我的椅子和我手下那疊索索顫抖的稿頁。然後，在我門口閃過一些我熟悉的、天天見到的面孔——只一秒鐘；其中有一張臉與眾不同，那臉上鼓著棕紅色的鰓幫子……

一下子，我想起了半小時以前，這房間裡發生的那一幕，所以我很清楚，她現在可能……我全身發抖，心抨抨地跳（幸虧那個部位不是透明的）我用稿頁遮著它。

Ю在S後面，她朝他走去，小心翼翼地扯了一下他的袖子，低聲說道：「他是D-503，一統號設計師。您大概聽說過吧？他總是這樣坐在他的書桌旁……一點不知惜力呢！」

我眞無言以對！她是多麼了不起、多麼好的一個女人啊！

S悄悄地溜到我背後，從我肩頭俯身往桌上看。我用胳膊肘擋住我剛剛寫下的東西。他厲聲喝道：「馬上把這拿出來，紙上寫的是什麼？」

我羞赧地漲紅著臉遞上了那頁紙。他看了一遍。我看見他眼角流露出一絲笑意，這一絲笑意悄悄移到臉上，搖晃著小尾巴，停在他嘴唇的右角上……

「是有一點含混不清，但是還可以……沒什麼，您可以繼續寫，我們以後不再打擾您了。」

他啪嗒啪嗒地朝門外走去，就像船上水輪片拍擊在水面上的聲音。他一步步走遠了，隨之我覺得我的腿、我的胳膊和我的手指，一一都回到了我身上，我的靈魂又均勻地布及了全身，我又開始呼吸了……

最後，Ю在我屋裡還留了一會兒。她走到我跟前，彎下腰湊到我耳邊低聲說：「這是您運氣，爲此我……」

她這是什麼意思，我沒懂。

後來晚上我聽說，他們帶走了三個號民。不過誰都閉口不談這件事，同樣也沒人談論昨天發生的一切（這是隱藏在我們之中的護衛隊人員的教育起了作用）。號民們談論的主要是天氣的變化以及溫度計氣溫驟然下降的事。

注：

① 熵定律，是熱力學的第二定律。物理學意義上的熵就是指不能再被轉化為功的能量的總和。最大的熵指熱量的最終平衡狀態，能量差別趨向於零，最終歸於永恆的死寂（參見傑瑞米、里夫金等著《熵：一種新的世界觀》）。

② 根據柏拉圖作品中的古希臘傳說記載．亞特蘭提斯是直布羅陀海峽西大西洋上的大島，後因地震沉沒海底。

記事二十九

提要：臉上的線條。
萌芽。
反常的壓縮。

眞奇怪，氣壓計的水銀柱在下降，可是還是不起風，很平靜。可是，那裡的上空已經開始刮起了風暴，可是我們還聽不到，烏雲疾速飛馳。目前還不多，只是一些分散的、邊緣如鋸齒狀的碎雲。

彷彿上空有座城市被摧毀了，大牆和塔樓的殘垣斷壁正往下墜落，同時以駭人的速度愈變愈大，向地面逼近；但要穿過那藍色的無限空間還需要幾天的時間，然後墜落到我們這裡。

地面上，一片平靜。空中飄浮著一些細細的、幾乎看不見的長絲，不知是什麼物質。每年秋天它們總會從大牆那邊飄過來。

它們在空中慢慢飄浮著——你會突然地感到臉上粘上一種異樣的、看不見的物質，你想把它們從臉上揮去，不行，毫無辦法，怎麼也無法擺脫……

早晨，當我沿著綠色大牆走時，感到那裡這種細絲簡直源源不斷。I約我在古宅我們的那個「套間」裡會面。

當我已經走過那幢古宅大院時，聽見身後響起了急促的小碎步和短促的呼吸聲。我扭過頭，看見O正在追趕我。

她渾身上下變得和以前不一樣了，顯得特別圓潤、豐腴和有彈性。我十分熟悉的她的雙手和乳房，還有她的身體——都變圓了，制服緊繃在身上，彷彿她的身軀馬上就會撐破薄薄的衣衫來見陽光和光明。我不由得想到春天綠色的叢林，那裡幼芽也這樣頑強地想頂出地面來，爲的是快些抽枝、綻葉和開花。

她沉默了幾秒鐘，藍色的明亮的眼睛望著我的臉。

「一致同意節那天，我看見您了。」

「我也看見您了。」我立刻想起她站在下面的情景：她站在狹窄的過道裡，緊貼著牆，雙手護著腹部。我不由自主地看了看她制服下隆起的圓圓的腹部。

她顯然也注意到了我的目光，她一下子又變得圓潤又粉紅，臉上漾起一個粉紅色的微笑。

「我很幸福，我太幸福了……我感到很美滿，您明白嗎，我覺得不能再幸福了。當我走路時，周圍的一切我都聽不見，我只是聽著我腹內的動靜，聽著自己身體裡面……」

我沒說話。總覺得臉上有個異物，它老礙事。可又沒法擺脫它。突然，她藍晶晶的眼睛變得更藍了。她抓住我的手——我感到了她印在我手上的吻……這對我來說還是生平第一次感受，它是我從未體驗過的古人的溫存。我感到十分羞赧和一陣心疼。

我抽出了自己的手——大概還很粗暴。

「您聽我說，您瘋了嗎！先不說你瘋不瘋，您居然……您高興什麼呢？難道您竟忘了您未來是什麼嗎？現在還沒事，反正也逃不過一個月或兩個月去……」

她變得黯然無光了。她身上所有的圓形都癟了，變形了。我心中感到憐憫，與此同時又感到一種不愉快的、甚至感到心臟病態的收縮（心臟的確像一個完美的氣泵。一壓縮，一擠壓它，就吸入液體，這是技術上的荒謬。由此可見，所有的「愛情」，「憐憫」及其他能引起心臟收縮的感情，從實質上來講是十分荒唐的，反常和病態的）。悄無聲息。左側是大牆模糊的綠色玻璃。前面是朱紅色的古宅大樓。這兩種顏色合起來，成爲一種合成色，它使我產生了一個我認爲了不起的想法。

「等一等！我有辦法能救您！我要救您，讓您躲過那可怕的命運——只讓你看一眼自己的孩子，然後就死去。您可以撫養他長大，您明白嗎？您將好好撫養他，看著他在您懷裡長大，變得茁壯豐滿，就像果實一樣……」

她渾身發顫，緊緊抓住了我。

「您還記得那個女人嗎……很久以前在散步時見過的那個女人。她現在就在這裡的古宅裡。我們一起去找她，我保證我會立刻把一切都安排好的。」

我彷彿已經看見，我和I兩人領著O在長廊裡走……後來，她又來到了那邊花草和綠葉的世界裡……但是她向後退了一步，粉紅色的半月形的嘴角顫動起來，耷拉了下來。

「就是那個女人嗎？」她問道。

「您指的是……」不知爲什麼我感到窘迫。「是的，就是她。」

「您想讓我去找她，讓我去求她……讓我……以後你絕對不要再跟我提這件事！」

她彎著腰很快走開了……後來她彷彿又想起了什麼，轉過頭來，大聲喊道：「死就死罷，無所謂！這與您無關，對您也無所謂！」

靜悄悄地沒一點聲音。天空中，藍色的大牆和塔樓的殘磚碎瓦不停墜落著，愈變愈大，速度快得驚人，但是它們要穿越那無限的空間，還需要不少時間也許需要好幾天。空氣裡浮動著看不見的細絲，飄落在我臉上，我怎麼也無法把它們從臉上抹去，怎麼也躲不開。

我慢慢向古宅走去。我的心臟在收縮，是荒唐的、痛苦的收縮。

記事三十

提要：最後的數。

伽利略的錯誤。

豈不更好嗎？

下面寫的，是昨天我和I在古宅裡的談話。我們周圍是駁雜的色彩：紅的、綠的、黃銅色的、白的、橙黃的……亂哄哄地，使人無法進行邏輯思考……再加那個翹鼻子古代詩人的大理石雕像，總是含笑居高臨下地望著我們……

我一字不差地記述著這次談話，因爲我覺得，它對大一統王國的命運具有重大的、決定性的意義。不僅對大一統王國，乃至對宇宙也同樣。此外，你們，我不相識的讀者們，讀到這裡也許會爲我開脫幾句……

I開門見山把所有的問題一古腦兒向我提了出來：「我知道，後天你們的一統號將作首次試航。到這一天，我們要把它奪過來。」

「怎麼？後天？」

「是的。你坐下，別著急。我們一分鐘也不能浪費。昨天，護衛隊逮捕了幾百個涉嫌分子，其中有十二個梅菲。再耽誤兩三天，他們就沒命了。」

我沒做聲。

「他們爲了對試航過程進行考察，會給你們派去電氣師、技師、醫生和氣象學家。整12點，請記住，當午飯鈴打響後，當全體都去食堂的時候，我們將留在走廊上，把他們鎖在食堂裡——這樣一統號就是我們的了……你懂了嗎，我們的目的非達到不可。

「我們手裡的一統號將是個武器。它能快刀斬亂痲、痛快地解決一切，沒有痛苦。至於他們的飛船……那算什麼！那不過是渺小的蚊子去和蒼鷹較量。以後，如果無法避免的話，可以把發動機的筒口撥向地面，光靠這就足以……」

我跳了起來：「簡直難以想像！這太荒唐！難道你不明白，現在你搞的就是革命嗎？」

「是的，是革命！爲什麼這是荒唐的呢？」

「說它荒唐，因爲不可能再發生革命。因爲我們的革命不是你說的革命，是我說的革命——我們的革命是最後的一次。在此之後，不可能再發生任何革命。這是誰都明白的道理……」

一個尖刻的譏諷的吊梢眉三角形：「親愛的，你是個數學家，不僅是數學家，而且是個數學出身的哲學。這樣吧，請你告訴我最後的數。」

「什麼意思？我……我不理解，哪個是最後的數？」

「就是那最後的、最高的、最大的數。」

「可是，I，這不是胡話嗎。數是無窮的，怎麼可能有最後的數呢？」

「那麼你所說的革命又是什麼呢？最後的革命是沒有的。革命是無窮盡的。最後的革命只是哄孩子的。無窮大會嚇著了孩子，爲了讓孩子們晚上能安心睡覺，所以……」

「看在造福主的份上，你說，你說這些話意義何在呢？既然所有的人都已很幸福，這還有什麼意義呢？」

「比方說……好吧，就算像你所說的那樣吧。可是，後來怎麼樣呢？」

「可笑！簡直是個小娃娃提的問題。即使你對孩子已說得一清二楚，他們總還會問：後來呢？爲什麼呀？」

「孩子是唯一的最最大膽的哲學家。無所畏懼的哲學家非孩子莫屬。我們正應該像孩子那樣，永遠需要問，後來怎麼樣？」

「後來什麼也沒有！到此為止。整個宇宙一切都是均勻的，平均的……」

「呵，到處都是均勻的！這本身就是熵，心理上的熵。你做為數學家難道不明白，生命之所以能存在就因為有差異，溫度的差異，熱的反差。如果整個宇宙到處都是同樣的溫度，或都是冷冰冰的物體……那就應該使它們發生撞擊，迸發火花，發生爆炸，燃起煉獄之火。所以我們要使它們碰撞！」

「但是，I——你應該理解，我們祖先在二百年大戰期間正是這麼做的……」

「噢，所以他們是正確的，一千個正確。他們唯一的錯誤是，後來他們竟認定自己是最後的數，其實這樣的數在天地間是不存在的，不可能有。他們犯了與伽利略相同的錯誤。伽利略正確地發現了地球圍繞太陽轉，但是他不知道，整個太陽系又圍繞著某個中心旋轉，他不知道地球真正的（而非相對的）軌道，它根本不是簡單的圓形……」

「那你們呢？」

「我們，目前我們認為沒有最後的數。也許，我們會忘記這一點。不，當我們上了年紀，甚至我們很可能會忘記。一切事物都會衰老，這是無法避免的。到那時我們會像秋天樹上的落葉，不可避免地會落下來，就像你們後天也……不不，親愛的，不是說你。你和我們在一起，你和我們是一起的！」

我從未見過她這般模樣。她像熾烈的火焰，像疾速的狂風，像飛濺的火星。她以她整個身心擁抱我。我消失了……

最後，她定定地、凝然不動地望著我的眼睛說：「你可記住了：12點。」

我說：「嗯，記住了。」

她走了。我獨自待著，四周的嘈雜聲震耳欲聾，藍的、紅的、綠的、黃銅色的、橙黃的……

嗯，12點……突然，我莫名其妙地覺得臉上沾了個什麼東西，怎麼也拂不去。突然，又浮現出了昨天早晨的情景、IO以及她對I的喊罵……我怎麼啦？眞奇怪。

我急急忙忙往外走，想快些回家……

在我背後，聽到大牆上面飛鳥清脆的啼鳴，在我前面，在落日的餘輝裡，我看到一個個閃閃發亮的紅火的圓屋頂、熊熊燃著烈火的巨大的立方體的房屋，還有那像凝固在天空一條閃電似的電塔頂上的尖針。所有這一切，這完美的幾何之美，難道將由我用我自己的手來……難道沒有別的辦法，沒有別的出路嗎？我路過一個講演廳（不記得是第幾講演廳）。大廳裡的長凳都摞了起來，中間放著一張張桌子，上面鋪著雪白的玻璃罩布，白單子上有一攤攤太陽光粉紅的血影。這一切都隱藏著某種不知曉的，因此是可怕的明天。這是反常悖理的：一個有思想、有視覺的人卻不得不生活在無規則的、未知的X中。就像別人蒙住了你的眼睛，讓你摸索著，磕磕絆絆地往前走，而你又明知，懸崖的邊緣近在咫尺，只要再跨前一步，你就會摔成一塊難以入目的、扁扁的肉餅。目前不就是這樣嗎？……如果我不再等待，自己投身下去，會怎麼樣？這也許是唯一的正確辦法，那時也就一了百了吧？

記事三十一

提要：偉大的手術。
　我寬恕了一切。
　列車相撞。

當你感到已經沒有得救的希望，當你感到一切都完了的時候，在這最後一刻……我們竟得救了！

彷彿你已經一步步跨上了造福主那台駭人的機器，玻璃氣鐘罩已眶啷啷響著蓋住了你的頭，在生命的最後一刻，你無比留戀地凝望著藍天……

突然，原來這一切不過是個「夢」。太陽還是玫瑰色的，快快活活的。那牆，那冷冰冰的牆摸上去，仍使人感到無比歡欣，還有那枕頭——你仍將永遠陶醉在枕著你腦袋的低陷的小坑裡……

以上寫的，大致就是今天早上我讀完《國家報》時的感受。過去我曾做了個噩夢，但現在夢已醒。而我，膽小怕事，不信鬼神的人，竟已經想到了身不由己的死亡。現在我無顏再談昨天寫的記事的最後的一些細節。但隨它們去吧，這也無所謂，就讓它們保留下來吧，就算是對不可思議的事的回憶吧。它曾有過可能，但以後不會再發生……不可能。

翻開《國家報》，頭版赫然入目的是：歡呼雀躍吧！

因為從今以後，你們將變得完美無瑕！而在此之前，你們所創造的機器曾比你們更為完美。

何以更完美？發動機迸濺的每個火花，都是最清純的理智的火花；活塞每一次的衝程，都是無可指責的三段邏輯。難道你們的理智不也同樣準確無誤嗎？起重機、壓力機、抽水機的哲理，完整並且清晰，就像圓形的圈。難道你們的哲理不如它們圓？機械之美，就像鐘擺和節律一樣，在於始終一貫和精確無誤。難道從小受泰勒體系薰陶的你們，會不如鐘擺精確？差異只有一點：機械沒有幻想。

你們曾否見過，某個正在工作的壓力汽缸會浮現出毫無意義的、遐想聯翩的微笑？你們曾否聽說過，起重機在深夜休息時，不安地輾轉反側，唉聲歎氣？沒有！你們應該感到羞愧！護衛隊人員愈來愈頻繁地發現你們臉上有這樣的微笑和你們的唉聲歎氣，你們應該感到無比羞愧，大一統王國的歷史學家正申請退休，他們不願來記述這類不光彩的事件。

但是，這不是你們的過錯，因為你們染上了疾病。這疾病的名稱是：幻想。幻想是蠢蟲，它們會在你們的額頭啃齧出一道道黑色的皺紋。幻想是狂熱，它攆著你們向遠方不停地奔跑，其實這「遠方」正始於幸福的終點。幻想是通向幸福之途的最後路障。

你們歡呼雀躍吧，路障已被炸毀。道路通暢無阻。

王國科學最近發現：幻想的要害是位於瓦羅里①橋部位的一個不起眼的腦神經結。用X射線對神經結作三次燒灼手術，就可以根治幻想——永不復發！

你們——完美無缺，你們——機器化了，通向百分之百的幸福之路通達無阻。你們全體人員，不論老少，請立即來接受此項偉大的手術，請速來講演廳，接受手術。偉大的手術萬歲！大一統王國萬歲！造福主萬歲！

……如果這裡所寫的一切，你們並不是從我這本頗像古代荒誕的記事中讀到，如果你們手上也拿著一份和我一樣的、正散發著油墨香的索索發顫的報紙，如果你們也和我一樣，知道這一切正是當前的現實——不是今天就是明天的現實，那麼你們的感覺難道會和我的感覺有什麼不一樣嗎？很可能你們也和我一樣會感到頭暈目眩吧？也許你們背部和手上也會冒出雞皮疙瘩，也會感到既甜絲絲，同時又不寒而慄吧？可能你們會感到自己是偉岸的巨人，是阿特拉斯②，只要你們直起腰來，頭就會碰到玻璃天花板？我抓起了電話筒：「I-330……對，對，330，」接著我聲音急促地喊道：「您在家啊？您讀報了嗎？您正看報嗎？告訴您，這可是……這可……這太好啦！」

「嗯……」陰沉沉地半天不說話。話筒發出低微的嗡嗡聲，思索著什麼……「我今天一定要見您。對，在我這兒，16點以後，一言爲定。」

多可愛！她太可愛了！「一言爲定」……我覺得臉上總掛著笑，而且欲罷不能。我將帶著微笑上街，讓它像盞燈似的高高地照著……

街上疾風撲面，打著旋，呼嘯著，砭人肌膚，但是我只覺得更快活。任你號吧，任你吼吧，反正現在你已經不能吹倒大牆。即使天空沉鐵般的飛雲傾瀉下來，也不必介意，你們遮不住太陽，我們約書亞們③已經用鐵索將太陽永遠牢鎖在蒼穹。

在街口，講演廳旁密密層層圍著一群群約書亞們，額頭緊貼在玻璃牆上。裡面，在白得耀眼的桌上，已經躺著一個號碼。在白布罩下，隱隱約約可以看見他兩隻向外撇著的黃色腳掌。幾個穿大白褂的醫生，正俯身在他頭部，一隻白色的手向醫生遞過去吸了藥水的針管。

「你們怎麼不進去呀？」我沒問哪一個，應該說，我問的是大家。

「那您呢？」一個圓腦袋回過頭問我。

「我，過一會兒。我先要去……」

我覺得臉上有些發訕，不好意思地走開了。我確實首先需要去見I，可是，爲什麼「首先」要見她呢？我回答不了自己的問題……

飛船台。晶藍如冰的一統號閃閃發亮，光斑點點，機艙裡發動機嗚嗚響著，好像溫情地不停地重複著一個我所熟悉的字。我俯身撫摸了一下發動機身上冷絲絲的長管。多麼可愛……太可愛了。明天你將獲得生命，明天你機體內會迸濺出灼熱的火星，你將第一次感受到生命的震顫……

如果一切還和昨天一樣，我會用什麼眼光來看待這台威力巨大的玻璃的宏構巨制呢？如果我知道，明天12點我會出賣它……是的，出賣它的話……

有人小心翼翼地在後面碰了碰我的臂肘。我回過頭去，是第二設計師那張扁平的盤子臉。

「您已經知道了？」他說。

「知道什麼？手術嗎？眞的嗎？怎麼——事情一下子都來了呢……」

「不，不是這件事。試飛取消了，改期到後天。都是因爲手術的關係……我們白趕了一場，白費了好大勁兒……」

「都是因爲手術」！……他既可笑，又頭腦簡單。只能看到他臉盤前那麼一丁點兒地方，別的就看不見了。他可不知道，要不是因爲明天有手術，明天12點，他會被鎖在玻璃房裡急得團團轉，還會狗急跳牆呢……

15點30分，我在房間裡。我一進門，就發現Ю在屋裡。她坐在我桌子那兒，瘦骨嶙峋的身子繃得筆直，右手托著右頰。大概她已等我很久了，因爲她見我進去馬上站起來的時候，臉頰上清晰地留下了五個手指印。

只一秒鐘，我腦子裡閃過了那不幸的早晨的情景：也是在這兒，在桌旁，她和怒氣衝天的I……但只有一秒鐘的回想，這一切就在今天的陽光下消失了。這種情況倒也常有：比方，遇到大晴天，你走進屋裡，漫不經心地扭動了開關，燈亮了，但好像並沒有光，燈顯得挺可笑，又可憐，毫無用處……

我毫不猶豫地向她伸出手去，我什麼都寬恕了。她抓住我兩隻手，緊緊地捏著，硌得我手作疼。她鬆垂的兩頰激動地直發顫，倒像古代人的裝飾物。她說：「我等您……才等了一分鐘……我不過想來告訴您：我很幸福，我爲您感到十分高興！您明白嗎，過了明天，您就會徹底恢復健康！您就新生了……」

我看見桌上有紙。這是我昨天寫的記事的最後兩頁，昨天寫完後就這麼一直放到了今天。如果她看了我所寫的內容……不過，這也無所謂。現在這些不過是歷史罷了。這一切太遙遠，使人感到可笑，彷彿你倒拿著望遠鏡所看見的遠景……

「嗯，」我說，「告訴您，我剛從街上來，我前面有一個人，他的影子映在馬路上，您明白嗎，影子還發光呢，我覺得，不，我相信，明天不會再有影子，什麼人都不會有影子，什麼東西都不會有影子，因爲陽光可以照透一切……」

她既溫柔又嚴厲地說：「您眞是個幻想家！我可不允許我學校裡的孩子這麼說……」

「她還說了些孩子們的事。她說她如何一下子把全體學生都帶去做了手術，在那兒不得不把他們捆綁起來，還說什麼『要愛，就不能手軟，不能姑息』，還說什麼她好像最後要做出決定……」

她把兩膝之間灰藍色的裙子整好了之後，默默地用她的微笑在我全身貼上膏藥，然後走了。

幸好，今天太陽還沒有停住不動，它急急地在奔跑，現在已經16點了。我敲了敲門——我的心也在突突地敲擊……

「請進！」

我坐在她軟椅旁的地板上，摟住了她兩隻腳。我仰著頭，凝神望著她的眼睛。我輪流著一會兒望這隻，一會兒望那隻，在每隻眼睛裡都看到了那個拜倒在她石榴裙下的我……

在牆外，正風雨交加，黑雲沉沉，這些都隨它們去！我腦子裡塞得好滿，語言就像傾瀉的激流，我說著話和太陽一起飛向某個地方……不，現在我們已經知道飛行的方向，跟著我的還有其他星球，它們噴著火焰，星球上火一般的花朵在歌唱；跟在後面的還有默默無聲的藍色的星球，那裡理智的石塊組成了井然有序的社會，它們也像我們地球一樣，達到了絕對的、百分之百幸福的頂峰……

突然，I坐在軟椅裡說道：「你是否認爲，位於頂峰的就是有組織的社會裡的那些石頭？」

她臉上的三角形愈來愈尖利，愈來愈陰暗：「幸福……幸福是什麼？願望都是令人痛苦的，對嗎？顯而易見，當你沒有任何願望，連一點要求也沒有的時候，你就是幸福的。我們直到現在還給幸福打正號，這是多大的錯誤，多麼荒唐的偏見；應該給絕對幸福打上負號——神聖的負號！」

我記得，當時我窘迫地嘟噥說：「絕對的負值是273度……」

「對，正是負273。冷了些，但事實本身不正好說明，我們位於頂峰嗎？」

就像很久以前那樣，她彷彿正替我說話，把我的思想都抖落出來。但這些話裡有一種使人駭怕的東西，我不能……我好不容易才擠出了一個「不」字。

「不，」我說，「你……你在開玩笑……」

她笑了起來，笑聲很響——太響了。她的笑聲達到了某個最高極限，但只一秒鐘，很快它撤退了，低落下來……沒有聲音了。

她站起來，把兩隻手放在我肩上，久久地、定定地望著我。然後把我拉入她的懷中——什麼都不存在了，只有她那火辣辣的嘴唇。

「永別了！」

這一聲道別來自遙遠的地方，從上空飄落下來，我並不是馬上就聽到的，可能過了一分鐘，或許兩分鐘。

「爲什麼說〈永別了〉呢？」

「你是有病的，因爲我你犯了罪，難道你不感到痛苦嗎？現在要做手術，你會治好因爲我而得的病。所以我們——永別了。」

「不！」我喊了起來。

她白皙的臉顯出一個無情的尖利的黑三角：「怎麼？你不願意得到幸福？」

我的腦袋要裂了，兩列邏輯火車相撞了，撞了個正著，車身斷裂，發出轟響，全毀了……

「那好吧，我等等，你選擇吧：或是接受手術去獲得百分之百的幸福，或者……」

「我不能沒有你，沒有你什麼都沒意思了，」這句話我是說了呢，還是心裡想的？我弄不清楚，但是I聽見了。

「嗯，我知道，」她在回答我。後來，她還一直把手放在我的肩頭，眼睛也一直望著我，說：「那麼——明天見吧。明天——12點，你還記得嗎？」

「不行。試航推遲了一天……是後天……」

「這對我們來說更好。12點——後天。」

我一個人沿著暮色蒼茫的街道回家。風撲打著我旋著圈，吹著我朝前走，好像我是一張紙。黑壓壓的天空上殘雲疾速地飛馳著……它們還可以無止境地飛舞一天、兩天……迎面過來的號民的制服擦著了我——但我在街頭只是一個人。我很清楚，大家都得救了，但是我已沒有希望，我不願得到拯救……

注：

①瓦羅里（1543-1575）義大利解剖學家。

②阿特拉斯，希臘神話中肩扛天空的提坦神。

③《聖經》神話中摩西的僕人和繼承人。

記事三十二

提要：我不相信。

拖拉機。

小小的身影。

你們是否相信，你們是要死的？是的，人都難免一死。我是人，因此……不，我要說的不是這個，我知道，你們明白這道理。

我的問題是：你們是否曾經相信過這種說法，而且篤信不疑，完全徹底地相信，不是用你的大腦去相信，而是用你的身體去感覺：有朝一日，現在你們拿著這頁紙的手指會變得枯黃、冰涼……

不，當然你們並不相信，所以至今沒有人從十層樓往馬路上跳下來，所以你們至今還吃飯，看書，刮鬍子，微笑，寫東西……

我現在也正處於這種情況，眞的，正處於這種情況。我知道，鐘表上的那根黑色的小指針，從這兒往下爬，移向午夜，然後又慢慢往上爬，再越過最後的界限。於是那難以置信的明天就將來臨。這些我都知道，但我還是不知怎麼不相信這一切。也許，在我看來，24小時是24年吧。因此，我還來得及做些事，趕到某處去一趟，回答別人的提問，從航梯登上一統號。我還可以感受一下一統號在水面上如何晃悠；我明白，應該抓住冰冷的玻璃扶手。我還可以看見，那些透明的、彷彿有生命的起重機，彎著像鶴一般的長頸，伸出嘴，愛護地、深情地給一統號的發動機餵食——可怕的炸藥糧食。在下邊河面上，我能看到被風吹皺的清晰的藍色的道道水流和漩渦。但這一切並不和我在一起，它們完全是單獨存在著的，它們是別的東西，是平面的，就像繪圖紙上的平面圖。當第二設計師那張平面圖紙般的臉，突然對我說話時我都覺得有些奇怪：「您看，我們給發動機上多少燃料？如果作三小時計算……三個半小時……」

在我面前，在投影圖紙上方，是我握著計算器的手，對數刻度表盤上顯示的是15。

「十五噸。但是最好上……對，最好上一百噸……」

我這麼說，因爲我心中有數，明天……

我從旁看到，我手裡握著的刻度表盤難以察覺地開始發顫。

「一百？爲什麼要這麼大的量？這些足夠一周的消耗。還不止一周，還可以更長一些呢！」

「以防不測嘛……誰知道……」

「我知道……」

風呼嘯著，空氣裡充塞著無形的物質，塡得結結實實直至高空。我覺得呼吸困難，舉步艱難。街尾的電塔上的鐘表的指針也艱難地、緩慢地，但一秒不停地爬著。塔頂的尖頂高聳入雲，藍幽幽的，黯然無光。它低沉地嗚嗚響著，吸儲著雲中的電。音樂機器的銅管樂聲吼叫著。

隊伍還像往常一樣，四人一排地走著。但是隊伍有些散亂，也許是因爲風刮的，隊伍晃來晃去，歪歪扭扭，愈來愈厲害。在路口，隊伍被什麼擋住了，往後退了下來。人們停了下來，擠成了一團。他們呼吸急促，一下子都伸出了像鵝一般的長脖子望著。

「看！不，往那邊看，快看！」

「他們！這是他們！」

「……要是我，我決不同意！決不，寧可把頭顱送進機器……」

「小聲些！瘋啦……」

在路口的講演廳的門敞開著，從裡面腳步緩慢又沉重地走出五十來人的隊伍。不過這些「人」不同尋常，他們沒有腿腳，而是沉重的、固定的輪子，由一條無形的傳動裝置牽引轉動。他們不是人，是人形拖拉機。他們頭上打著一面白旗在風中啪啪作響，旗面上繡著金色的太陽，在太陽光線裡繡著一行字：「我們是開創者！我們是手術過的人！跟隨我們來吧！」

他們慢慢地、不可阻擋地從人群中碾壓著過去了。不消說，如果擋在他們路上的不是我們，而是牆、樹或房屋，他們照樣會不停步地碾過大牆、樹木和房屋。現在，他們已經到了大路中央。

他們緊緊地，像擰上螺絲一般，挽起了手，圍成一條長列，面向著我們。我們這一堆十分緊張的人群一個個伸出了腦袋，伸長了鵝一般的頸脖，等著看下一步會怎麼樣。烏雲翻滾，狂風呼嘯。

突然，長列的側翼從左右兩方圍攏來，向我們包抄過來。速度愈來愈快，就像往山下滾落的沉重的機器。長列緊縮成圓圈，把人們往講演廳敞開的門那邊擠，想把他們逼進門裡去……

有人聲嘶力竭的呼喊道：「要把我們攆進去！快跑啊！」

霎時一切都湧動了起來。緊挨著牆，還有一扇狹窄的可以通行的小門，大家伸著腦袋都往那裡衝去。霎那間，腦袋都變成了楔子的模樣，臂肘、肋骨、肩膀和兩側都尖削起來。四周是雜遝和散亂的腳步、揮動著的手臂和飛起的制服，它們就像扇面似的往四周擴散開來，彷彿是消防水龍帶擠壓出來的噴水。

突然，在我眼前（不知從哪兒）忽地閃過一個雙曲線的S形狀的身影，還有一雙透明的招風大耳朵——但一閃就不見了，像鑽進地下去了一般。我獨自一個，混在疾速閃動的手和腳中奔跑……

我跑進一個門洞裡稍事喘息，背緊貼在門上。轉眼之間，像風似的吹進來一個小小的身影。

「我一直……我一直跟著您……我不願意接受……您明白嗎，我不願意。我同意去……」

撫摸著我衣袖的是一雙圓滾滾的小手；還有一對圓圓的藍眼睛。這是她——O。她倚著牆整個人彷彿是滑著坐到了地上。

在地上，在冰冷的臺階上，她身體蜷曲成了一團。我俯身望著她，撫摸著她的頭和臉——我的手是濡濕的。這時，我顯得很大。而她很小，彷彿是我身體的一小部分。這和我對I的態度迥然不同。現在我覺得，我對O，有些像古代人對待他們屬於個人的孩子的態度。

她坐在地上，雙手捂住臉，從指縫裡漏出輕微得幾乎聽不見的低語：「我每天夜裡……我不能忍受他們的治療手術……我每天夜裡……獨自一個，在黑漆漆的夜裡我想著他：將來他是什麼樣的，我將如何疼愛他……如果我的病被治癒了，那時我會空虛得無法生活。您明白嗎？所以您有責任，您應該……」

多麼荒唐的想法，但我的確相信，我有義務，有責任。這所以荒唐，因爲我的這一義務又是我的罪行。荒唐的是：白的不可能同時又是黑的，義務和罪行不能相等同。也許生活中既沒有黑，也沒有白，而顏色只取決於主要的邏輯前提。如果前提是：我非法地使她懷了孩子……

「好吧，只是您別這樣，別這樣……」我說。「您聽我說，我應該把您帶到I那兒去，這我以前向您提過，讓她……」

「好吧（聲音很低微，手仍捂在臉上）。」

我攙扶著她站起來。我們沿著暮色昏昏的街道走著，默默各想各的心事，也許想的都是相同的。我們在悄無聲息的鉛灰色的房屋中走著，頂著強勁的、抽打著我們的烈風……

透過呼嘯的風聲，我清晰又緊張地聽到背後又響起了那熟悉的、啪啪踩在水窪裡的腳步聲。當我拐彎的時候，我扭過頭看了一下：在倒映在馬路模糊的玻璃上的急速飛渡的亂雲中，我看見了S。頓時，我的手就不自在起來，好像不是自己的，甩手的節奏也亂了。我開始大聲對O說話，我說，明天……對，明天，一統號要首次試航，這是真正空前的、了不起的、震撼人心的事件。

O驚訝地圓瞪著藍眼睛看著我，看我莫名其妙地使勁嘩嘩地大甩胳膊。我沒讓她說話，我一個人說了又說。可是我腦子裡，極其緊張地思考著。一個念頭不斷敲擊著腦子，嗡嗡作響，這只有我一人知道：「不能這樣……得想個辦法……不能讓他跟我們去I那兒……」

本來應該向左轉，我卻轉向右邊。一座橋像恭順的奴隸似的拱著背，任我們三個：我、O和我們後面的S，踩在它背上。對岸幢幢大樓裡的萬盞燈火灑落在河水裡，變成千萬條劇烈跳動的瘋狂飛濺著白色泡沫的火花。風嗚嗚響著，彷彿在不太高的地方有一條扯緊的低音粗弦在鳴響。在低音裡一直可以聽到我背後的啪啪的腳步聲……

到了我的住處。O在門口站住了。她開口剛說了半句話……

「不對！您不是答應……」

但我沒讓她把話說完，急急忙忙把她推進了門裡。我們進了樓。在前廳裡。在檢票桌那兒我看見了那熟悉的鬆弛的臉頰，正激動得直顫悠。桌子四周緊緊圍著一堆號碼。正在爭論什麼。二樓欄杆上探出了好些腦袋，然後也一個接一個跑下樓來。但這些——以後再說吧……我趕緊把O帶到大廳對面的一個角落裡。

我背朝牆坐了下來（因為我看見牆外人行道上，有一個大腦門的黑影正來回走動）。我掏出了小本子。

O慢慢地、無力地在自己的衣服堆裡坐下，彷彿她制服下面的軀體在蒸發，在消融，只剩下了一件空落落的衣服和空漠的、藍得一無所有的眼睛。她疲倦地說：「您為什麼帶我到這兒來？您欺騙了我？」

「噓……別說話！您看那兒，看見牆外有什麼嗎？」

「嗯。有個影子。」

「他總是跟蹤我……我不能，您明白嗎，我不能帶您去。現在我給您寫個條兒，您拿著它自己去。我知道，他會留在這裡的。」

在她的制服下面，她的血肉之軀又有了生機，腹部已漸漸變圓，在臉頰上微微露出一絲希望和光彩。

我把便條塞在她冰冷的手裡，緊緊握了握，最後一次從她藍色的眼睛裡𦤎出了一點藍色。

「永別了！也許，以後還會……」

她抽出了手。曲背弓腰慢慢地走了。剛走兩步，很快又轉過身來，又回到了我跟前。她的嘴唇翕動著，她的眼睛、她的嘴唇、她整個人向我只說著一句話，而臉上是一個痛苦不堪的微笑和深深的傷痛……

後來，她那拱肩駝腰的瘦弱身影出了門，牆外映出小小的影子，她頭也不回地很快地走了，愈走愈快……

我走到IO的桌子跟前。她激動地、懊惱地鼓著鰓幫子對我說：「您知道嗎，大家都好像發了瘋！這個人就一口咬定說，好像他在古宅那裡看見了一個渾身是毛的光身子的人……」

那撮人之中有個人說：「真的！我再說一遍，我是看見了！」

「怎麼，您喜歡這些是嗎？真是胡說八道！」

「胡說八道」這幾個字，她說得十分肯定，斬釘截鐵，我不禁自問道：「說不定，最近我出的那些事，以及周圍的事，眞的也全是夢囈？」

「但是，我看了看我那毛烘烘的手，就想起了她的話：「你身上大概有森林的血液……也許因此我愛你……」

不，幸好這不是做夢。不，幸運的是，這不是在做夢。

記事三十三

提要：（這篇是無提要的急就章。最後的。）

這一天——來臨了。

我趕緊拿過報紙。也許報紙上……我眼睛讀著報紙（的確是用眼睛在讀報：因爲現在我的眼睛，就像鋼筆，就像電腦，你可以拿在手上，感覺到它們。它們是身外之物，是件工具）。報紙上，大號黑字占了整整一頁頭版：

幸福的敵人並沒有放鬆警惕。你們要用雙手衛護你們的幸福！明日暫停工作一天。全體號民均需參加手術治療。拒不參加者，必將受到造福主機器的懲治。

明天！難道能有明天嗎？還可能有什麼明天嗎？我習慣成自然地，像每天那樣，伸出手到書架上，想把今天的報紙與夾著其他報紙的金色硬皮夾放到一起，手在半空停住了：「何必多此一舉？反正都無所謂了。這間房我已經永遠不會再回來，永遠不會……」

報紙從手裡落到地板上。我站在屋裡，環顧著四周，環顧著整個房間。我匆匆地歸置著東西。我忙亂地把一切捨不得留下的東西，都塞進自己那無形的箱子裡。桌子、書籍和軟椅。在這把軟椅上，I曾經坐過，我坐在她腳下地板上……還有那張床……

後來，又過了一分鐘，兩分鐘，我荒唐地在等待什麼奇蹟——會不會有電話來，也許她會讓我……

不，沒有奇蹟……

我要離開這裡走向未知。這是我最後的幾頁記事。永別了，我不相識的星球人們，我親愛的讀者們，和你們一起我經歷和寫下了這麼多的記事。我這個患有靈魂疾病的人，把我的一切全都袒露在你們面前了，連一根磨壞的螺絲釘，連最後一條崩斷的發條，都毫無保留地公開了……

我要走了。

記事三十四

提要：獲釋的奴隸。
陽光明媚的夜。
無線電瓦爾基里女神①

啊，如果我眞的徹底毀了自己和所有的人，如果我眞的和她一起到了大牆之外，與齜著黃牙的野獸爲伍，如果我眞的永遠不再回到這裡來，那該多麼好。我會感到一千倍、百萬倍的輕鬆。可是現在——怎麼辦呢？讓我去扼殺我的靈魂嗎？但是難道這能於事有補嗎？不不，絕對不可能！D-503，你要鎭靜。你要把自己放到堅實的邏輯軸線上——哪怕只有不長的時間，使盡全身的力量壓住杠杆，要像古代的奴隸那樣，推動三段論的碾輪——直到你能提筆來記下一切，直到你能徹底理解所發生的一切……

當我走上一統號時，人們都已到齊，已各就各位，巨大的玻璃蜂箱內的所有蜂房都不是空的。從甲板上的玻璃望下去，到處都是螞蟻般的小人，他們分佈在電報機、發電機、變壓器、測高計、整流器、道岔、發動機、水泵、導管等處。在休息大廳裡，有些人正俯身在圖表和儀器上，大概是科學局的指揮人員。第二設計師和他的兩位助手站在一旁。

他們三人的腦袋都像烏龜似的縮在肩膀裡，臉色灰白。一副秋景蕭瑟的樣子，陰沉沉不見陽光。

「怎麼樣？」我問。

「沒什麼……怪怕人的，」其中一個笑了笑，灰溜溜的，沒有一絲陽光。「可能要降落的地方還不清楚。總之，什麼都不清楚……」

這幾個人我看著他們就討厭。這種人，再過一小時，我就用自己的這雙手，把他們從守時戒律表井然有序的數字中徹底勾掉，徹底從大一統王國的母體上清除掉。他們使我想起了《三個獲釋的農奴》中的悲劇形象。這個故事我們每個小學生都知道。

講的是，為了進行試驗，有三個號民被解除一個月的勞動，任他們想幹什麼就幹什麼②。這三個可憐蟲在過去勞動慣了的地方逛來逛去，眼饞地朝裡面張望，在場院裡站著不走，一小時一小時地重複原來的勞動動作。因爲到了規定的時間，這些動作已成了他們機體的需要。他們空手拉鋸子，推刨子，好像握著錘子在叮叮噹當錘打鑄鐵塊。總算挨到了第十天，他們再也忍受不了了，就手把手，在《進行曲》的樂聲中，往河裡走去，慢慢地沉入水中，直到河水最後解除了他們的痛苦……

我再說一遍：我看著第二設計師他們，心裡很不舒服，就想趕緊離開這兒。

「我去檢查一下機艙情況，」我說，「然後就可以出發了。」

他們問了我些問題，例如發射點火需用多大電壓，船尾液艙需要多重水壓載。我身體內部有台留聲機，它能對一切問題作出迅速又準確的回答，而我自己不停地默默盤算著自己的事。

突然，在那條狹窄的走廊上，我看見了一張臉，從那一刻起，實際上行動就開始了。

在狹窄的走廊上，不時閃過穿灰色制服的號民和一張張灰不溜秋的臉。其中有一張臉一閃而過，我看見它只有一秒鐘的時間。他頭髮低低耷拉在前額，一對眼睛藏在蹙緊的眉頭下——他就是剛才那個人。我明白了，他們已經在這裡了。這一切我是躲不開的，而時間已經有限，總共才幾十分鐘……我渾身上下的分子開始微弱地顫抖（它們就這樣一直顫到最後事件結束）。彷彿我是一幢房子，房子裡放了一台碩大的馬達，而這幢樓房分量太輕，於是所有的牆壁、隔牆、電纜、房梁、所有的燈——全都在發顫。

我還不知道，她是否在這裡。但是現在已經沒有時間考慮這個了。他們已派人來，命令我儘快上去，到指揮室去。應該出發了……駛往哪兒去呢？一張張灰撲撲的沒有光澤的臉。下面，在水面上映著一道道緊張的藍色的水紋。天空是沉重的、鑄鐵般的層層雲天。我的手臂也像鑄鐵一般，當我在指揮室接電話時，沉重得連話筒也拿不起來。

「向上，45度！」

響起了沉悶的爆炸聲，一個衝撞，飛船尾部掀起湖綠色的白色狂瀾，腳下的甲板駛向前去，甲板軟軟的，彷彿是橡膠。現在一切都留在下面了，我的全部生活將永遠……那立體圖紙似的藍色水晶的城市、圓瓶似的屋頂，電塔上鉛灰色的孤零零的手指——這一切只一秒鐘都深深地墜入了旋渦裡，周圍的一切都收縮了。接著，厚厚的濃雲忽閃而過，我們穿過雲層，飛向太陽和藍天。藍色逐漸變深，黑色彌漫開來，星星像冰冷的銀白的汗珠從天幕上滲了出來……

這是一個可怕的、亮得使人目眩的黑色的夜，是個陽光燦爛的星夜。彷彿你突如其來變聾了，你還能看見銅管正在狂吹，但是你只能看見，因爲銅管是啞然無聲的。太陽也一樣，它悄然無聲。

這都是很自然的。這本是預料之中的。我們已經衝出了地球的大氣層。但是，這一切發生得太快，太突然。周圍的每一個人都膽怯了，靜寂了下來。而我，在充滿幻想的、喑啞無聲的太陽下，卻感到更輕鬆了。彷彿我經過最後一次陣痛後，已經跨過了非跨不可的界限。我的軀殼留在了下面，而我自己卻在新的世界飛翔。這裡的一切都應該不同於過去，是反其道而行之的……

「繼續前進！」我對指揮話筒機器發出了號令。於是留聲機的機械傳動鉸鏈手便把指揮話筒，遞給了第二設計師。我全身的分子都在微微發顫。這顫音只有我一個人聽得見。我跑下去想去找……

這是大廳的門——這扇門再過一小時就將匡啷匡啷地重重地關上……門旁站著一個我不認識的號民，矮矮的個子，臉是一張千次百次混在人群中難以辨認的普通人的臉，只是兩隻手特別長，直到膝蓋。彷彿在組裝他的時候，因爲手忙腳亂錯拿了另一套組合零件的手。

他伸出一隻長手擋住了我：「您去哪兒？」

我很清楚，這是因爲他不知道，我什麼都知道。隨他去吧，也許這樣更好。我俯視著他，故意對他聲色俱厲地說：「我是一統號的設計師。是我在指揮這次試航，您明白嗎？」

手撤走了。

大廳。在儀器和地圖上方，湊著幾個灰頭髮的腦袋，還有黃頭髮的、禿頭的、暗黃的禿腦袋。我眼睛很快一瞟就全都掃了一遍。然後退出來，通過走廊，下了舷梯，來到機艙。這裡十分燥熱，噪音很大，爆炸後管道變得十分灼熱；閃閃發亮的曲柄像喝醉了似的劇烈地上下升降著；刻度表面上的指標一秒不停地微微顫動著……

最後，我到了測速儀那兒。那個帽子蓋住前額的人，正低頭在本子裡寫什麼……

「請問（由於機器轟響，我必須對著他耳朵大聲喊）……她在這兒嗎？她在哪兒？」

帽檐底下暗處露出了個微笑：「她？在那兒，在無線電機房……」

於是，我就去了。那裡一共有三個人。都頭戴支棱著耳機的頭盔。她好像比平時高出了一頭，支棱著的耳機閃閃發亮，彷彿要飛起來。她就像古代的瓦爾基里女神。上面無線電天線上巨大的藍色火花好像是她放出來的，這裡的那股淡淡的閃電的臭氧，彷彿也是她放出來的。

「我要找個人……不，比如找你就可以……」我跑得氣喘吁吁地對她說，「我需要向下面，向地面，飛船站，發信號……我們走吧，由我口授……」

機房旁是一個小得像盒子般的艙房。我們一起坐在桌旁。我摸到她的手，緊緊捏住說：「怎麼樣？以後會怎麼樣呢？」

「不知道。你能體會嗎，這簡直太妙了：我們飛行著，卻沒有目的，任你自由地飛吧……很快就到12點了，還不知道怎麼樣呢。等到晚上……晚上我和你又會在哪兒呢？也許，在草叢裡，在乾枯的樹葉堆裡……」

她放出藍色的火花，可以聞到閃電的氣味。我顫抖得更厲害了。

「請記下，」我大聲地氣喘吁吁（因爲剛才跑的）地說：「時間11點30分，速度：6800……」

她頭戴著支棱著耳機的帽盔，眼睛看著紙，低聲說：「……昨天晚上，她拿著你的便條來找我……我知道，我全都知道，你別說話。但是孩子是你的吧？我把她送走了，她已經在大牆那邊了。她會活下去的……」

我又回到了指揮室。前方又是那荒唐的黑夜，既有昏黑的星空，又有耀眼的太陽。牆上的時鐘的指標一瘸一拐慢慢地從一分移到另一分。一切彷彿都沉浸在迷霧之中，都難以覺察地在顫抖（只有我一個人能發現）。不知怎麼我覺得，如果這一切不發生在這兒，而發生在下面，離地球近些的地方，就更好。

「停止！」我向話筒發出命令。

由於慣性作用，一切還繼續在向前，但速度逐漸慢了下來。現在，一統號在空中滯留了一秒鐘，像掛住了根頭髮絲，接著那根髮絲斷了，一統號像塊石頭似的往下墜落，速度愈來愈快。在靜默中，時間一分接一分，十分又十分地在過去。能聽到脈搏的搏動。我眼看著指針愈來愈向12靠近。我很明白：我是塊石頭，I是地球。我是被人拋向了天空的石塊，我急切地要往下墜落，摔到地上，砸得粉碎……可是如果……下面藍色的雲海已是堅硬的……如果……

但是我體內的留聲機靈便地、準確地拿起了話筒發出了命令：「減速！」石塊不再往下降落。只有飛船下部四條管子（兩個位於船尾，兩個位於船首），疲憊地在噗噗噴氣，爲使一統號能維持原重量不變。一統號震顫著，就像拋了錨似的牢牢停住在空中，離開地面約有一千公尺。

飛船上的人都湧上了甲板（很快就到12點，馬上就要響起吃飯鈴聲），他們從玻璃船弦上面探出身子，急不可耐地、貪婪地望著下面這個陌生的牆外的世界。下面有琥珀色的、綠色的、藍色的。那是秋天的金黃的樹林、翠綠的草坪和湛藍的湖泊。在一個藍碟子般的湖邊上，有幾堆黃色的殘磚碎瓦，還有一根令人森然的枯黃的手指——這大概是奇蹟般留下來的古代教堂的尖塔。

「看呀，看呀！那邊，靠右些！」

那裡，在綠色的荒原上，飛快移動著一片棕色的暗影。我下意識地拿起了手上的望遠鏡朝那兒看去：只見那裡一群棕色的馬揚著馬尾，在齊胸高的草叢中奔馳，而騎在它們背上的，是那些披著褐色、白色和黑色毛皮的人……

我聽見後面有人在說：「我告訴您，我見了面孔呢。」

「得了吧！您對別人說去吧！」

「拿去，給你們望遠鏡……」

但是馬群已經消失了。

只剩下一片一望無際的綠色荒原……

在荒原上方響起了鈴聲刺耳的顫音。鈴聲響徹了整個荒原，震撼著我整個人和所有的人。這是吃飯的鈴聲，再過一分鐘就到12點了。

世界對我來說，分裂成了短促的、互不聯繫的斷片。在臺階上，不知誰的金色號碼牌當地掉到地上。這對我已無所謂。我一腳踩了上去，它咯嚓一聲碎了。我聽見有人在說：「您聽我說嘛，有面孔！」眼前大廳幽暗的四方大門敞開著；還有一副含著尖酸微笑的細密的白齒……

這時，響起了一聲又一聲彷彿沒有間歇的極其緩慢的鐘聲。前面的隊伍已經開始朝前走了……突然，那四方的大門被兩隻長得出奇的手交叉著擋住了（這手我曾見過）：「站住！」

她的手指塞進我的手裡，是I。她正站在我旁邊：「他是誰？你認識他嗎？」

「難道……難道他不是你們的……」

他站在別人肩頭。下面是上百張臉，上面是他那張千百次見過的臉，又和所有臉不同的一張臉。

「我代表護衛隊……你們知道我在對誰說話，你們每個人都聽見了。告訴你們，我們已經都清楚了。我們還不知道你們的號碼，但是，我們什麼都知道了。一統號不會成爲你們的！試航將進行到底，現在不許你們再亂動。你們，將按原計劃去完成試航。以後……好了，我說完了……」

靜悄悄地。腳底下的玻璃磚變軟了，像棉花一般，我的腳也軟得像棉花。我旁邊的I臉上，是蒼白已極的笑容和瘋狂的藍色的火花。透過牙縫，她對我耳語說：「啊，這是您的？您〈履行了義務〉了？還有什麼可說的……」

她的手從我手裡抽了出來。她那瓦爾基里女神忿怒的帶翅膀的頭盔一下子已經到了前面很遠的地方。我一個人怔怔地、一言不發地和大家一起往大廳裡走去……

「但是，其實並不是我，不是我！這件事我對誰也沒有說過，除了那些不會說話的白紙……」

我的心無聲地、絕望地、大聲向她喊著。她隔著一張桌子坐在我對面。她甚至沒有瞥我一眼。她旁邊是一個暗黃的禿頭。我聽見有人在說話（是I）：「〈高尚之舉〉？但是，最親愛的教授，對這幾個字甚至只作簡單的社會學的分析，誰都明白，這是偏見，是古代封建時代的殘餘，而我們……」

我感到自己的臉愈來愈蒼白，很快大家就會發現的……但是我體內的留聲機，對每塊食物做著那規定的五十下咀嚼動作。

我自我封閉了起來，就像把自己鎖在古代人不透光的房子裡，用石塊把門堵死，在窗上掛上窗簾……

後來，我又拿起了指揮話筒。我們在寒氣逼人的、瀕臨死亡的憂傷中飛行，穿過烏雲，飛向冰涼徹骨、星光燦爛的夜空。一分又一分，一小時一小時在過去。不用說，我身上那台連我自己也聽不見聲音的邏輯馬達，一直不停地在緊張、全速地運轉。因爲突然在我記憶中，在一個藍色空間，我看見了我的書桌；坐在桌旁的是I0的魚鰓腮幫，書桌上是我忘在那裡的記事稿頁。

我明白了，除了她沒有別人，我恍然大悟……

唉，我一定要到無線電機房去……那帶翅膀的頭盔，那藍色閃電的氣味……我記得，後來我大聲地對她說話；我也記得，她的目光穿過我望著別處，好像我是玻璃人。她的聲音彷彿來自遙遠的地方：「我忙著有事，正接地面發來的信號。請您向她口授吧……」

在盒子般的小艙房裡，我略作思索後，毫不躊躇地發出了命令：「時間：14點40分。下降！熄滅發動機。到此結束。」

指揮艙。一統號的機器心臟已經停止工作。我們在降落。我的心跟不上一統號下降的速度，它慢得多，不停地升到喉嚨口來。雲彩，然後是遠處綠色的斑塊，它愈來愈蒼翠，愈來愈鮮明，像疾風似的撲向我們——很快就將結束……

眼前是第二設計師那張不同平常的斜眉歪臉的白瓷盤。可能是他狠狠推了我一下。我的頭部撞著了什麼。我眼前一陣發黑就栽倒了，迷迷糊糊聽見他說：「船尾舵手——全速前進！」

猛烈地向上一衝……別的我什麼也記不得了。

注：

①斯堪的納維亞神話中的戰爭女神，幫助英雄們戰鬥，並將陣亡將士的靈魂引入瓦爾哈拉大殿。

②這是很早以前的事，在守時戒律表制訂後的第三世紀。——原注

記事三十五

提要：被箍住了。

胡蘿蔔。

殺人。

我徹夜未眠。反覆想著一件事……

昨天事發後，我的頭部被緊緊纏上了綁帶。其實，這不是綁帶，是頭箍，是毫不留情的玻璃鋼箍。頭箍鉚在我頭顱四周，而我就在這個鑄在我頭上的圓箍裡來回來去地兜圈子：我要殺死Ю。殺死Ю以後，我去找I對她說：「現在你相信了吧？」最叫人厭惡的是，殺人是骯髒、原始的做法。想到要去砸碎別人的腦袋，我總很奇怪地感到嘴裡有一種令人作嘔的甜膩味。我連口水也咽不下去，總要不停地往手帕裡吐唾沫，嘴裡開始發乾。

我櫃子裡放著一截沉甸甸的斷裂的鑄鐵活塞杆（原來我要用它在顯微鏡下觀察一下斷裂情況）。我把記事卷成卷（讓她把我徹底讀個夠，連一個字母也不落），塞在活塞杆的斷截裡就下樓去了。樓梯總也走不完，梯級滑得讓人惱火，上面還有水，我還總想用手帕擦嘴巴……

下到底層，我的心撲通一沉。我停下腳步，抽出斷杆，朝檢票桌走去……

可是IO不在，只看到一張空蕩蕩的、冰冷的桌面。我記起來了，今天工作全都停了，所有的號民都應該去做手術。所以，她沒事可做，因爲沒人去登記。

街上在颳風。滿天都是一塊塊飛馳著的沉重的鐵片。很像昨天的一個場景：那時，整個世界都碎裂成了互不相干的尖利的碎塊，它們急促地掉下來，從我眼前飛過，只一秒鐘的停留，然後就毫無痕蹟地消失了……

請設想一下，如果這紙頁上字蹟清晰工整的黑色字母突然都離開了原來的位置，由於驚慌各自東奔西竄起來，那就一個字都沒有了，只是亂七八糟毫無意義的堆砌：「怕——害——跳——怎——」。現在，在街上人們也這樣散亂無序。他們排不起隊伍，朝前的，往後的，斜走的，橫越的，什麼都有。

街上已經沒有人。急速奔馳的生活，突然停住了：在二層樓一間彷彿吊在空中的小玻璃方格房間裡，一個男人和一個女人正站著接吻。她整個身子彷彿斷了似的朝後仰著。這是最後的一次，永恆的一吻。

在一個路口，有一撮人頭在擺動，像一叢刺灌木叢似的。他們腦袋上方打著一面孤零零的旗，上面寫著：「打倒機器！打倒手術！」我獨自（不是眞的我）只有一秒鐘的思索，「難道每個人心中的痛苦如此強烈，要想徹底消除它，非要和心一起剜出來嗎，每個人都應該去行動，否則……」有一秒鐘的時間，我覺得世界上什麼都不存在，只有（我的）野獸般的手和這一卷鑄鐵般沉重的記事稿……」

這時，街上一個小男孩飛奔而過，整個身子朝前探著，衝向前方。下唇朝外翻著，就像捲起的袖口邊，唇下是一塊小小的陰影。他哭喊著，臉都變了模樣，有人在後面追趕他，已響起了腳步聲……

孩子使我想起了Ю。「對了，Ю現在應該在學校裡，我要趕緊上那兒去。」我朝附近一個地下鐵道入口處跑去。

在門口，有個人正往上跑，嘴裡說著：「沒有車！今天火車不開！那裡正……」

我下了地下鐵道。那裡簡直是一個夢的世界。多棱的水晶玻璃像無數個太陽在熠熠閃光。月臺上一眼望去全是腦袋，壓得月臺結結實實，火車是空的，停著。

寂靜中，我聽到了她的聲音。我沒看見她，可是我知道，我熟悉這個柔韌的、激越的、像鞭子抽出來的聲音，還在那邊什麼地方看那眉梢高挑的尖三角……我喊了起來：

「讓我過去！讓我上那邊去！我必須……」

但是，我的手和肩膀不知被誰緊緊夾住了，無法動彈。四下靜靜的，她在說話：

「……不，你們快上去吧！那裡能治好你們的病，讓你們飽嘗甜蜜的幸福，然後你們就可以安安靜靜地去睡覺，有組織地、有節奏地打鼾——難道你們沒有聽到這偉大的鼾聲交響樂嗎？你們真可笑：他們要把你們從問號裡解放出來，那些彎彎扭扭像蛆蟲的問號正折磨你們，而你們卻在這裡聽我說話。快些上去，去接受偉大的手術吧！我一個人將留在這裡，與你們毫不相干！你們別管了，我要自己去追求，而不願讓別人爲我去爭取，如果我爭取的是不可能的……」

響起了另一個聲音，沉重而緩慢：「啊哈！爭取不可能的？這就是說，你追求的是愚蠢的幻想，你想任這些幻想在你面前耍花招？不，我們要逮住它們，讓它們動彈不得，然後……」

「然後，吃掉它們，再倒床睡去，鼾聲大作。這時在你面前會出現一個新玩意兒。

聽說，古代有一種動物叫驢子。人們要想讓它不停地向前走，就要在前面的車轅上，在驢子面前，吊一根胡蘿蔔，但剛好又不能讓它咬到。要是讓它咬到了，那它就把蘿蔔吃了……」

忽然鉗子鬆開了，我衝到中間她講話的地方。就在這個時候你推我擠地亂了起來。後面有人喊叫道：「他們來這兒啦！他們來啦I！」燈光閃了一下就滅了。有人剪斷了電線。到處是如潮的人流、喊叫聲、呼哧聲、腦袋、手指……

我不知道，我們在地下鐵道裡亂哄哄待了多久。最後，才摸到了臺階，看到了昏暗的光線，慢慢愈來愈亮了；於是我們像扇形似的四散往街上跑去……

現在，我只是一個人。刮著風，灰暗的暮靄低垂下來，簡直就要落在你頭上。在人行道濕漉漉的玻璃板底下很深的地方，倒映著燈光、房牆和移動著腳步的憧憧人影。我手裡的那卷稿紙格外沉重，它拽著我往下沉。

在樓下大廳裡，桌子那兒還是不見Ю。她的房間也空蕩蕩的，黑著燈。

我上樓回到自己屋裡，打開燈。緊緊箍著的太陽穴怦怦地跳。我還在那套在腦袋上的圓箍裡來回兜圈子；桌子、桌子上那卷白色稿紙、床、門；桌子、那卷白色的稿紙……我左邊的房間裡垂著窗簾。右邊可以看見一個滿是疙瘩的禿腦袋，額頭像一個巨大的黃色拋物線，正埋頭讀書。額上是一行行字蹟模糊的黃字，那是額上的皺紋。我們有時目光遇到一起，這時我總覺得，他額頭上寫的是關於我的事。

……事情發生在21點整。

Ю來了，是她自己來的。清晰地留在我記憶中的只有一個細節：當時我喘氣聲特別響，我都聽見自己的呼哧呼哧的聲音。我想小聲些，可是不行。

她坐下來，把膝蓋中間的制服裙扯平。粉紅的褐色鰓幫子抖動著。

「啊，親愛的，這麼說，您眞的受傷了？我一聽說，馬上就……」

那截活塞杆就在我面前的桌上放著。我倏地站了起來，氣喘得更粗了。她也聽見了，話說了一半就打住了。不知爲什麼她也站了起來。我已經看準了她腦殼上我該下手的地方，可是嘴裡覺得甜得發膩……想找塊手帕，但是沒找到手帕，就把口水吐到了地板上。

右邊那位（額頭上布有寫著我事的黃色皺紋）總在窺伺我。我不能讓他看見，如果他朝這邊注意看，我更受不了。我按了一下電鈕，其實我並沒有下窗簾的權利，但是現在反正什麼無所謂了，窗簾落了下來。

不消說，她感覺到了，明白了是怎麼回事。她朝門外衝去。但是，我截住了她。我呼呼喘著粗氣，目光一秒鐘也不離開她腦殼上的那塊地方……

「您……您瘋了！您不能這樣……」她往後退去，一屁股坐了下來，準確地說，她倒在了床上，索索抖著把合十的手掌塞在兩個膝蓋中間。我渾身是勁，眼睛還是緊盯著她不放，慢慢伸出手（只一隻手在移動），抓起了活塞杆。

「求求您！只要等一天，只要一天！我明天，明天，我就去，把一切都辦妥……」

她在說什麼？我已揚起了手……

我認爲，我把她打死了。我不相識的讀者們，你們有權稱我是殺人犯。我知道，要不是當時她大喊一聲，我的活塞杆已經砸了她的腦袋……她喊道：「看在……看在……的份上……我答應您……我……這就……」

她索索發抖的手扯下了身上的制服，一個枯黃的、肌肉鬆弛的碩大軀體倒在了床上……這時我才醒悟過來：她以爲我放下窗簾是爲了想和她……

這太出乎意外，太荒唐滑稽了，我竟哈哈大笑起來，這一笑，我那根緊繃著的發條馬上抻斷了，手也無力地垂了下來，活塞杆噹的一聲落到了地上。這時我才親身體驗到，笑是最最可怕的武器。

笑可以把一切置於死地，連殺人也不例外。

我坐在桌子那邊，哈哈地笑這是絕望的、最後的笑，不知道如何擺脫這荒唐的處境。如果任事態自然發展下去，我不知道，這一切將如何結束，但這時屋裡突然又發生了新情況：電話鈴響了。

我趕緊去接。緊緊捏住了話筒：也許是她？可是電話裡是一個不熟悉的聲音：「請等一下。」

話筒嗡嗡沒完沒了地響著，等得讓人心焦。從那邊遠處傳來鑄鐵般的腳步聲，慢侵走近了，聲音愈來愈響，愈來愈沉重，終於說話了。

「D-503？嗯……我是造福主。立刻來見我！」

咔嚓一聲，電話掛上了，又叮的一聲。

Ю還躺在床上，閉上了眼睛，臉上的微笑把魚鰓都撐開了。

我從地板上抱起她的衣服，扔到她身上，從牙縫擠著說：「喂！快些，快些！」

她用手肘微微撐起身體，兩個乳房垂到一邊，眼睛睜得圓圓的，整個人變得蒼白。

「怎麼啦？」

「沒怎麼。讓您穿上衣服！」

她縮成一團，緊緊揪住了衣服，聲音低低地說：「「您轉過身去……」

我轉過身體，把額頭靠在玻璃上。燈火、人影、火花都在黑色的濕漉漉的鏡子上顫動。不，這是我，這確實就是我……為什麼他要見我？難道他已經知道她的事、我的事，他什麼都知道了？

Ю已經穿好衣服站在門旁。我朝她跨前兩步，使勁捏住她的手，彷彿要從她手裡一滴滴地擠出我所需要知道的一切。

「您聽著……她的名字您是知道的，她……您報告了沒有？您一定要說實話，我需要……我已經無所謂，只需要實話……」

「沒有。」

「沒有？可這為什麼呢，因為您已經去了那兒，而且報告了……」

她下唇突然翻了出來，就像那天我見到的那個小男孩一樣。

她兩腮淌下淚水，沿著腮幫流淌下來……

「因為我……我怕如果把她……為這您可能……您不會再愛……哦，我不能，我不能啊！」

我知道這是真話。荒唐而又可笑的人類的真話！我打開了門。

記事三十六

提要：空白頁。
基督教的上帝。
我的母親。

眞奇怪，我的腦袋裡彷彿留下了一張空白頁。我怎麼去那兒的，怎麼等待的（我知道等過）——這些我什麼也不記得了，沒有留下任何聲音、面容和動作。彷彿我和世界所有的聯繫都被切斷了。

等我頭腦清醒過來時，我已經站在他的面前，戰戰兢兢低垂著眼，只能看到他那兩隻放在膝蓋上的鑄鐵般的巨掌。這兩隻巨掌也重重壓著他自己。他慢慢地動了動手指。他臉在高處繚繞著迷霧，因此他的聲音也從很高處傳過來——聲音不像洪鐘或巨雷，並不使人感到震耳欲聾，倒很像一個普通的人的聲音。

「這麼說，您也是？您是一統號的設計師？您有幸成爲最偉大的征服者。您的名字本應該在大一統王國歷史上開闢新的光輝篇章……您也是參加者？」

熱血沖上了我的腦袋和面頰——又是一頁沒有字的白頁。

我只覺得太陽穴怦怦地跳，上面傳來低沉的聲音，但一個字也聽不清。只是當聲音停下來的時候，我才清醒過來。我看見他那千斤重的手慢慢移動起來，伸出一根手指直直地指著我說：「怎麼？您怎麼不說話？我是劊子手？我說得對，還是不對？」

「是的，」我順從地回答說。這以後他的話每個字都清晰可辯了。

「怎麼？您以爲我害怕這個字嗎？難道您不曾去撕下這個字的外殼，看一看它的內容是什麼嗎？現在讓我來告訴您吧。您回憶一下那個場景吧：在陰沉的黃昏時分，一座山丘上豎著一個十字架，下邊有一群人。一些身濺血蹟的人，在山丘上把一個人釘在十字架上，另一些滿面淚水的人在下面觀看，您是否覺得，山丘上面的那些人所扮演的角色是最難演的，最重要的呢？要是沒有他們，那麼這幕偉大慶嚴的悲劇是演不成的！愚昧的人群噓他們，向他們喝倒彩。然而，悲劇的作者上帝卻應該更慷慨地犒勞他們。基督教的慈悲爲懷的上帝自己，把一切不順從的人都放在地獄之火裡慢慢燒死，難道他不是劊子手？而被基督徒捆在篝火上燒死的人，比被燒死的基督徒又少嗎？您要明白，就是這位上帝，多少世紀來一直受到人們的讚頌，稱他爲仁慈的上帝。荒謬嗎？不，相反，這是對人的難移的本性——理智——的血寫的明證。甚至當人還是野蠻的、滿身披毛的時候，他也明白：對人類眞正的、代數的愛，必定是反人性的，而眞理的必然標誌，是眞理的殘酷。難道有不灼燒人的火嗎？好吧，您來論證一下，辯論辯論吧！」

我哪能辯論呢？這些思想以前也曾是我的思想，我哪能辯論呢？只是我從來不會把它們形之於如光彩奪目的堅硬的外部形式。我沉默不語……

「如果可以認爲您的沉默就意味著同意，那麼我們再往下談談。我們要徹底地談談，不躲躲閃閃，就像孩子們已經去睡覺，只留下大人的時候那樣。我問您個問題：人生下來就開始祈禱，幻想，折磨自己。他企求什麼呢？他所希望的，就是能有個人來告訴他一個永恆的眞理：什麼是幸福，並用鎖鏈把他和幸福拴在一起。我們現在做的不就是這件事嗎？古人曾幻想進天堂……您回憶一下吧，在天堂任何人都不知道什麼是願望，什麼是憐憫，什麼是愛。天堂裡的天使是幸福的，他們被摘除了幻想（正因爲如此他們才幸福），是上帝的奴隸……我們已經追趕上了幻想，已經把它這樣抓住了（他的手緊緊攥住了——如果他手裡捏著塊石頭，大概會從石頭裡擠出水來），現在只需要把獵獲物開膛剝皮，剁成塊塊，可是正在這個時候，您……」

沉重的鑄鐵般的說話聲突然中斷了。我全身紅得像一塊放在銑砧上的鐵錠。錘子默默地又舉了起來，我等著，這一下更……可怕……

突然：「您幾歲？」

「三十二。」

「可是您比只有您一半年齡的兒童更天眞一倍！您聽我說，難道您眞的從來沒有想過，他們——我們還不知道他們的名字，但我確信，從您那兒，我們能知道。他們需要您，只因爲您是一統號的設計師，只是想通過您……」

「別這麼說！別這麼說！」我喊道。

……這就像你用手擋住了自己，向子彈在喊叫，你還聽見自己那可笑的「別這麼說」，而子彈已經射穿了你，你已經倒地抽搐。

對的，不錯，我是一統號的設計師……是的，是的……突然我眼前又浮現出那天早晨IO那張忿怒的、顫抖的磚紅色的魚鰓腮幫，那時她倆都在我房間裡……

現在我又記得很清楚：我笑了，抬起了眼向上看。在我面前坐著一個蘇格拉底式的禿頂的人，禿頭上滲出細細的汗珠。

一切都非常簡單。一切都多麼偉大平庸，簡單得令人好笑。我笑得喘不過氣來。笑聲團團往外湧。我用手掌堵住嘴，急急忙忙衝了出來。一級級的臺階，風，濕漉漉的跳動著的燈光和人臉的閃閃光影。我奔跑著：「不，我一定要見她！只要再見她一面！」

到這兒，又是一張空白頁。我只記得一雙雙腳。不見人，而只見他們的腳：它們亂糟糟地走著，馬路上不知從哪兒來了這幾百雙腳，就像落下一陣沉重的腳步的雨點。我聽到有人快活地、俏皮地在唱歌，有個聲音喊道：「嗨，嗨！過來，上我們這兒來！」大概這是對我喊的。

然後，是空蕩無人的廣場，廣場上急風陣陣，漫天飛舞。廣場中央是一台烏濛濛的、駭人的、有千鈞之重的龐然大物——造福主的機器。彷彿響起了突如其來的回聲，機器使我聯想到了一幕情景：雪白的梳頭，上面枕著半閉著雙眸的向後仰著的頭和甜蜜的、尖利的兩排牙齒……這一切和機器聯想到一起，使人感到荒唐，惶悚。我知道爲什麼會產生這樣的聯想，但我還不願正視它，也不想說出來，我不願意，不能這樣啊！

我閉上了眼睛，坐在通向立方體高台機器的臺階上。大概正在下雨，我的臉濕淋淋的。遠處隱隱聽見有沉悶的喊叫聲。但是誰也聽不見，誰也聽不見我的呼喊：把我從這裡救出去吧，救救我吧！

如果我像古代人那樣有個母親，那該多好！一個屬於我自己的（正是我的）母親。我希望對她來說，我不是一統號的設計師，不是號碼 D-503，不是大一統王國的一個分子，而是一個普通的人的軀體，是母親身上一塊被蹂躪、被窒息、被拋棄的一塊肉……或者我把別人釘在十字架上，或者別人把我釘上十字架（也許兩者都一樣），但願她能聽到這些，而別人誰也聽不到，但願她老人家佈滿皺紋的合攏了的嘴能來親吻我……

記事三十七

提要：鞭毛蟲。

世界末日。

她的房間。

早晨在食堂裡，我左邊的人滿臉驚恐地悄悄對我說：「您吃呀！他們看著您哪！」我使勁擠出一個微笑，覺得臉皮裂開了一道口子，微笑使這裂口的兩端愈撕愈寬，我覺得愈來愈疼……

後來，我剛叉起一塊食物，手裡的叉子突然一顫，當地敲著了盤子。一下子桌子、牆壁、杯盤空氣都震顫了，發出了錚錚的響聲。外面，響起了一聲震天巨響，就像騰起了沉重的圓形聲柱。它越過我們頭頂，越過房屋，傳向遠處，逐漸變弱，最後終於像水面上擴散開去的微波，消失了。

霎時間，我眼前的一張張臉都沒了血色，變得蒼白，那些正起勁咀嚼的嘴，像出了故障似的停住了，叉子都凝固在半空中。

以後，全都亂了套，脫離了永恆不變的軌道。所有的人都從座位上跳了起來（連國歌也沒唱完），也顧不上節拍，馬馬虎虎還沒嚼滿數，連吞帶咽地吃了下去。他們相互抓住對方問道：「怎麼？出什麼事了？怎麼了？」這台偉大的機器，曾幾何時是那麼嚴謹有序，現在亂紛紛地一塊塊地散架了。他們朝樓下跑去，奔向電梯。樓梯上、梯級上都是它們雜遝的腳步聲和匆促的片語只言，就像被風刮起的信紙的碎片……

附近所有房子裡的人都湧了出來。再過一分鐘這條大街就會像顯微鏡下的一滴水；封閉在玻璃般透明的滴液裡的鞭毛蟲，正在那裡慌張地東西左右，上上下下地亂竄、亂奔。

「呵呵，」有個人揚揚自得地說了一聲。我看見他的後腦勺和朝上指著的一根手指。我清楚記得他那根黃中透點粉紅的手指，還有指甲蓋下端一個白色的半圓形，就像從地平線上剛爬上來的半個月亮。這手指就像個指南針，幾百雙眼睛，循著手指的方向，朝天空望去。

天空中，烏雲好像在逃避無形的偵緝隊的追捕。它們逃竄著，互相擠壓著，你追我趕朝前飛奔。護衛隊深色的、掛著黑色探視鏡的飛船在空中巡察，烏雲在四周點綴著它們，再遠處，在西邊，有一群……很像……

開始時，誰也看不清那些是什麼，甚至連我（我很幸運，要比別人看得清楚些）也不明白。那好像是一大群黑色的飛船，飛得很高幾乎使人難以置信，成了一個個難以覺察的飛動的小黑點。

它們愈來愈近。天空響起嘶啞的、嗷嗷的啼鳴。最後，在我們頭上出現了飛鳥。天空佈滿黑色的、尖聲鳴叫著往下降落的三角形；強大的氣浪把它們攆下地面，它們落在圓屋頂上、房頂上，停棲在木杆和陽臺上。

「呵呵，」那揚揚自得的腦袋轉過臉來。這時我發現他就是那個緊蹙額頭的傢伙。但如今對他來說這只是一個稱呼，他彷彿整個人都從永遠緊蹙的額頭下爬了出來，他眼角、嘴角像一束頭髮絲似仍放射出條條光芒——他喜眉笑眼地說：「您知道嗎，」他在風的呼嘯聲中，在飛鳥的鼓翼和聒噪聲中，對我大聲喊道，「您知道嗎，大牆，大牆炸坍了！您明白這意思嗎？」

在離街很遠的那邊，有幾個人影閃了過去，他們伸著腦袋，急匆匆往屋裡跑去。馬路中央有一大群手術過了的人，匆促但又緩慢地（他們已變得沉重）向西走去。

那個嘴角和眼角紮著一束束頭髮絲光束的人……我拽住他的手，問道：「請問她在哪兒，I在哪兒？在大牆那邊嗎？還是……我——定要找她，您聽明白了嗎？馬上告訴我，我不能……」

「在這兒，」他陶醉似的快活地叫道，露出滿口結實的黃板牙……「她在這兒，在城裡，她在行動。噢……我們也在行動！」

我們——是誰？我——是誰？他身邊大約有五十來個和他一樣的人，都是從陰沉的蹙緊的眉頭下爬出來的，嗓門很大，快快活活，一口堅固的好牙齒。

他們張大了嘴迎著狂風，手裡揮舞著電繩索（他們從哪裡弄到的？），電繩索的外觀也顯得慈眉善目毫不嚇人。他們也往西走去，跟在手術過的人的後面，但走的是48號街，走另一條道，平行著走……

我腳步踉蹌，常常絆在拉得緊緊的風的繩索上。我朝她跑去。去幹什麼？我不知道。我磕磕絆絆地跑著，一條條街都空無一人，這裡對我是陌生的，野蠻的，鳥兒歡天喜地地鳴叫不停，世界一片混亂。透過屋牆玻璃，我吃驚地看到在幾個房間裡，女號民和男號民恬不知恥地在做愛，甚至連窗簾也不放下，也沒有任何票子，就在光天化日之下……

這是她住的樓。大門茫然地敞開著。在下面，檢票桌那兒沒有人。電梯停在升降井的半中央。我氣喘吁吁地沿著沒有盡頭的樓梯往上跑。走廊。我飛快地一間間房門看過去，門上的號碼就像輪子裡的輻條，320，326，330，I-330，到了！

透過玻璃門望進去，只見屋裡東西散亂著，什麼都皺皺巴巴，亂七八糟。一把椅子倒在地上，大概匆忙中被碰翻了。它四腳朝天翻倒在地上，就像一頭斷了氣的畜生。床，莫名其妙地斜著移開了屋牆。在地板上，踩髒了的粉紅色小票子灑了一地。

我彎腰拾起一張，一張，又一張。每張上都是D-503，所有的票子上都是我，這上面有我融化了的、熾熱的感情。這是留下來的唯一的……

不知爲什麼，我覺得不能讓它們就這麼灑落在地上任人踐踏。我又撿拾起一把，放在桌上，小心地把一張張捋平，我看了一眼……我笑了起來。

你們也許知道吧，笑可以有各種不同的顏色。以前我不懂這道理，現在我明白了。笑不過是你內心爆炸的回聲：它可能是紅色、藍色、金黃色的節日焰火，也可能是人體血肉的飛濺……

有幾張票子上，我瞥見了一個我完全不熟悉的號碼。我沒記住數字，只記住了字母，是俄文。我把桌上的票子都擼到地上，用腳踩著它們——也踩著我自己……我就出來了……

我在走廊對面的窗臺上坐著，還等待著什麼。我木然坐了很久。左邊響起了腳步聲。過來一個老頭兒，臉上的皺紋就像紮了窟窿、漏了氣的氣球；紮破的孔眼裡還滲出透明的水滴，慢慢往下流淌。我慢慢似乎感覺到這是眼淚。當老人已經走遠了，我才想起來要問他，我招呼他說：「喂，請問您，請問您認不認識號碼 I-330？……」

老人回過頭來，傷心絕望地甩了一下手，一瘸一拐地走遠傍晚，我回到了自己屋裡。西邊灰藍色的天空每秒鐘都緊張地在抽搐、發顫。從那兒傳來沉悶的轟響聲。屋頂上佈滿了焦炭似的黑鳥。

我倒床睡去。噩夢立刻像野獸似的向我壓來，憋得我難以呼吸……

記事三十八

提要：我不知道怎麼寫提要。

也許整個提要可以一言蔽之為：

被扔掉的香煙。

我醒了。光線很亮，照得眼睛發疼。我瞇起了雙眼。腦子裡迷漫著藍色的煙霧，一切都沉浸在迷霧之中。我懵懵懂懂地想起：「可是我並沒有開過燈呀，怎麼……」

我倏地從床上下來，一看：桌子後面I坐在那兒，用手支著下巴，目光譏誚，嘴上掛著一絲笑意望著我……

現在我正坐在這張桌旁寫這篇記事。那緊張得像箍得最緊的彈簧似的十至十五分鐘時間已經過去了。可是我覺得，好像她剛剛關上門出去，還可以追上她，抓住她的雙手——也許她會笑起來並對我說……

I坐在桌子那兒。我向她奔去。

「是你啊，你！我去過，我看見了你的房間，我以為你……」

但我還沒衝到她面前，她長矛槍似的尖硬的睫毛頂住了我。

我收住了腳步。我記得，在一統號上，她也是用這樣的眼神看我的，我需要立刻，在一秒鐘內，把一切都告訴她……要讓她相信我，否則永遠也不……

「你聽我說，I，我必須……我必須把一切都對你說……不，不，就現在，讓我先喝口水……」

嘴裡發乾，彷彿裡面貼滿了吸墨水紙。我倒了杯水，還是乾；我把杯子放到桌上，兩隻手緊緊地捧起了水瓶……

現在，我眼前飄過一縷藍煙，這是香煙的煙霧。她把香煙送到嘴邊，她深深吸了一口氣，貪婪地把煙吞下去，就像我喝水一樣，然後她說：「不必了。別說了。你不是已經看見了，我還是來了。下面有人等我。你願意在我們這最後的幾分鐘裡……」

她把香煙扔到地上。她倚著軟椅的扶手整個身子朝後仰去（那邊牆上有開關，可是她手夠不到）……我記得，當時軟椅一晃，椅子兩隻腳就離開地面蹺了起來。接著窗簾落了下來。

她走到我面前，緊緊摟住了我。她的膝蓋透過衣裙，慢慢地、溫柔地、暖融融地，朝我身軀注入能癒合我一切創傷的毒液。

突然……有時帶有這種感覺：當你已經整個身心都沉浸在溫馨的甜蜜的夢中，突然，有個東西刺痛了你，你猛然一驚，眼睛就又大大地睜開了……現在就是這樣：在她房間裡那些踩髒的粉紅票子裡，中間有一張上寫著字母Φ和幾個數字……這時它們在我腦子裡攪和成了一團。甚至現在我也說不清這是什麼感情，但我狠狠擠壓了她一下，她竟疼得失聲叫了起來……

那十到十五分鐘只剩下最後一分鐘。雪白的枕頭托著她向後仰著頭，眼睛半閉著，還有那一口甜蜜的利齒。這情景總是使我想起什麼。這聯想既荒唐又使人痛苦，又怎麼也揮之不去，其實現在這樣想是不應該的，是不必要的。我愈來愈深情地，也愈來愈不留情地緊擠她，我留在她身上青紫的手指印愈來愈清晰……

她說（沒睜開眼睛我注意到了）：「聽人說，你昨天去見了造福主？這是真的嗎？」

「是的，是真的。」

這時，她的眼睛一下子睜得好大。我頗有興味地看著她的臉如何很快地變白，漸漸模糊起來，隱沒了——只剩下一對眼睛。

我一一如實告訴了她。

只有一件事，我瞞著沒對她說：那就是造福主最後講的那些話，說他們需要我只因爲我……我不知道，爲什麼不說……不，不對，我知道……

她的臉慢慢又顯現出來了，就像在顯影液裡的一張照片：臉頰、潔白的牙齒和嘴唇。她站了起來，走到衣櫃鏡子跟前。

我又覺得口乾舌燥。我倒了杯水想喝，但是心裡很不舒服。

我把杯子放回桌上，問她說：「你到這兒來，是因爲你需要知道這件事？」

她從鏡子裡望著我。鏡子裡是一個尖刻的嘲諷的吊梢黛眉三角形。她轉過身來，想對我說些什麼，但結果什麼也沒說。

她不必說。我知道。

和她告別吧？我挪動著自己的（又不是自己的）腿，把一把椅子碰翻了。它趴在地下，四腳朝天像死了似的，就像她屋裡的那把椅子。她的嘴唇冰冷。以前也就在這間房間裡，那床前的地板也這麼冰冷。

她走後，我坐在地板上，低頭看著她扔在地上的香煙。
我寫不下去，我不願再寫了！

記事三十九

提要：结局。

所有這一切，就像拋進了飽和液中最後的一顆鹽粒：它很快分解成一截截針狀晶體，硬結了，凝固了，我很明白：一切都已決定——明天早上我要去護衛隊，這就等於殺死我自己，但是，可能只有到那時我才能復活，因爲只有死去後才能復活。

西邊的天空每隔一秒鐘，就緊張地震顫幾下發出深藍的顏色。我的腦袋在發熱，噗噗地敲擊著。我就這樣坐了一夜，只是到了早上七點才睡去，那時黑暗已經退去，開始泛出綠色，停棲著黑鳥的屋頂也慢慢顯出了輪廓……

我醒來時，已經十點了（看來，今天鈴聲沒有響過），桌上還是那杯昨晚留下來的水。我口渴之極，一飲而盡，然後趕緊就走：我需要儘快去做，愈快愈好。

天空——空空蕩蕩，一片蔚藍，彷彿狂風暴雨把天空洗劫一空。陰影的邊角很尖利，一切彷彿都是由秋天藍色的空氣剪裁出來的，薄薄的，你都不敢用手去碰它，一碰它就會碎成玻璃粉塵。

現在，我也是這樣：我不能想，別想，別想，否則……

我沒有想，甚至我可能沒有眞正看到什麼，只不過反映著外界罷了。這裡，馬路上方不知從哪裡伸展出條條樹枝，葉子有綠色的、琥珀色的、絳紅色的；天空裡飛鳥和飛船交叉著飛來飛去；還有人們的腦袋和張開的嘴，揮動著樹枝的手。可能，這一切都在呼喊、啼鳴、嗡嗡營營地作響……

然後，是一條條空蕩蕩的街，彷彿瘟疫肆虐後已杳無人蹟。

我記得，我的腳絆著了一個綿軟得使人難受的暄松的東西，它一動不動躺在地上。我彎腰一看——是具屍體。他仰天躺著，像女人似的叉開兩條彎曲的腿。他的臉……

我認出了他厚厚的黑人般的嘴唇，他的牙齒彷彿現在還迸發出笑聲。他緊瞇著眼睛，彷彿還在對我笑。只一秒鐘的停留——我跨過他的軀體，趕緊跑了，因爲我不能再耽擱，我需要把事情儘快做完，否則我感到，我會像那超量載重的鐵軌，發生斷裂，坍塌……

幸好，護衛隊那塊金字牌子已經離我只有二十來步路。我在門口站住，深深吸了一口氣，走了進去。

護衛隊走廊裡，排著不見首尾的長蛇陣，號民們一個挨一個排著，手裡拿著幾張紙，或是厚厚的本子。他們慢慢地朝前挪上一二步，過一會兒又停住不動了。

我在隊伍旁來回地竄，腦袋像奔馬似的在疾馳。我拽住他們的衣袖懇求他們，就像一病人渴望能得到一種雖有劇痛而能藥到病除的苦口良藥。

有一個身著制服的婦女，她腰束皮帶，臀部兩個半球形明顯地撅著。她不停地向四周扭動著這兩個半球形，彷彿她的眼睛正長在半球上似的。她朝我撲哧笑了聲，說：「他肚子疼！你們帶他去廁所，那邊，右邊第二個門……」

一陣哄笑聲。聽到這笑聲，我覺得喉嚨裡堵住了，我要馬上大喊大叫起來，再不然……再不然……

突然，背後有人拽住了我的胳膊肘。我回頭一看，是一對透明的招風大耳朵。但它們不是平時常見的粉紅色，而是紅彤彤的。頸脖裡的喉結上下移動著，眼看就會把薄薄的外皮紮破。

「您來這裡幹什麼？」他問我，尖尖的芒刺很快向我鑽了進來。

我抓住了他不放手：「快些，去您的辦公室吧！……我需要把一切，馬上就去吧！能向您報告，這很好……不過向您本人報告可能很可怕，但這樣很好，很好……」

他也認識她，而這使我更痛苦，但是，也許他聽了也會大吃一驚。那時我們會兩個人一起去殺死她，在這最後的一秒鐘，並不只是我一個人……

門砰地一聲關上了。我記得，門底下帶住了一張紙。當門關上去的時候，它在地板上蹭著。後來，屋裡彷彿罩上了一個奇特的、沒有空氣的大蓋子，靜悄悄地。如果他說上一句話，哪怕只說一個字，一個無關緊要的字，我會馬上全都痛快地說了。但是他緘默著。我全身緊張得連耳朵都鳴響起來。我對他說（眼睛不敢正視他）：「我覺得，我一直恨她，從一開始就恨她。我心裡有鬥爭……不過，不不，您別信我說的，我本來可以，但我不願自拔，我願意毀滅，這對我來說曾經是最珍貴的……也就是說，不是毀滅，是希望她……甚至現在，現在我已經全都知道了，可是現在我還……您知道，您知道吧，造福主傳我去見過他？」

「是的，知道。」

「但是，他對我說的話……您明白嗎，他那番話，彷彿從我腳底下抽走了地板，於是我和桌上所有的東西：稿紙、墨水都……墨水潑了，什麼都灑上了墨水漬……」

「還有什麼，說吧！快點說！那裡還有人等著。」

於是，我急急忙忙、顛三倒四地把所有的事，所有本子裡記的事都說了。說起了那個眞正的我，又說起了那個毛茸茸的我。

說到她當時怎麼談起了我的手——對了，一切都是從這兒開的頭。我還說，當時我不願履行義務，怎麼欺騙了自己，她怎麼給我弄了假證明，我又如何一天天地生銹腐蝕；還說到了地下長廊和大牆外的種種所見所聞……

我說得七零八碎，像一團團的亂麻，弄得我氣喘吁吁，哼哼哧哧話也說不上來。他那兩片雙曲線的嘴唇上，掛著一絲訕笑，幫我補上幾句我想說又說不出來的話。我感激地點頭稱是……

後來（不知怎麼的）已經由他替我在說話了，我只是聽著他，說：「對，後來……對，正是這樣，對，對！」

我感到自己彷彿服用了醚麻劑（編按．僞麻黃鹼是一麵興奮劑），從脖子根兒開始發涼，我訥訥問道，「可是怎麼，您怎麼得知這一切的呢……」

又一個譏誚的冷笑，沒說話，嘴唇的雙曲線彎得更厲害……

後來，他說：「告訴您，您對我隱瞞了什麼吧？您歷數了本牆外所見到的人，但有一個人您卻忘記了。您否認得了嗎?您記不記得在那裡見過我一眼只一秒鐘?對,您見到過我。」

靜默無言。

突然,我腦子裡像閃電似的一亮,我明白了:我羞愧得無地自容,原來他,他也是他們的人……我拼著命費了九牛二虎之力來這裡報告,以求完成偉績。豈料這一切,乃至我整個人,我所忍受的痛苦——都是可笑的,就像古代笑話裡所寫的關於亞伯拉罕和以撒的故事①。亞伯拉罕渾身冷汗,已經舉刀過頭要殺死自己的兒子,突然天上有聲音喊道:「何必這樣!我不過開了個玩笑……」

我目不轉睛地看著他嘴上愈來愈明顯的雙曲線的冷笑,兩隻手緊緊撐住了桌子邊沿,身體隨著後面的軟椅慢慢地從桌旁移開。然後,我猛然用雙手抱住自己,衝了出去,顧不得別人的喊叫,跳下臺階,旁邊閃過人們一張張張大的嘴,我慌慌張張地逃跑了……

我不記得,怎麼跑到了地下鐵道的公共廁所裡。在地面上,一切都在毀滅。歷史上最偉大、最理智的文化在崩潰;而這裡,不知是誰開的玩笑,一切都照舊,都很美好。四壁亮堂堂,水聲輕快地在潺潺流淌,還有那像水流一樣的看不見的透明的音樂。但是只要想一想，這一切都在劫難逃，都將埋沒於荒草叢中，只有「神話」中才會提到它們……

我痛苦地大聲呻吟起來。這時我感到有人深情地撫摸著我的肩膀。

這是廁所間裡坐在我左邊的一個人。他禿頭的前額呈現出一個巨大的拋物線，額頭上是一道道模糊的、字蹟不清的皺紋。

那裡寫的都是關於我的事。

「我理解您，完全理解您，」他說，「但您無論如何也應該冷靜些，何必如此！這一切都會回來的，必定會回來的。只是我的新發現應該公之於世，這很重要。現在我第一個告訴您：我已經計算出來了，並不存在無窮大！」

我奇怪地瞪了他一眼。

「眞的，我告訴您，無窮大是沒有的。如果世界是無限的話，那麼物質的密度應該等於零。但我們都知道，它不是零，所以宇宙是有限的。它是球形的，它的半徑的平方等於平均密度乘以……所以我只需要計算出數值係數，那麼……您明白嗎，一切都是有限的，簡單的，可以計算的。那時我們在哲學上就勝利了，您明白嗎？而您，我尊敬的朋友，您妨礙我把題最後演算完，您總在哼哼……」

我弄不清，什麼最使我感到吃驚：是他的發現呢，還是他對開創新時代的堅定不移的態度。這時我才發現，他手上拿著一個筆記本和對數刻度表。我明白了，即使全世界都毀滅了，我對你們，我不相識的親愛的讀者們，也有責任把我的記事完整地保留下來。

我向他要了幾張紙。在這些紙上記下了我最後的記事……

我已經準備結束記事，點上句點，就像古代人在埋葬死者後，在墓穴上插上十字架。但我手裡的鉛筆哆嗦了一下，從手指縫上掉了下去……

「您聽我說，」我拽了拽他的衣袖說，「您聽我對您說嘛！您應該，應該回答我：您的那有限宇宙的最終極限在哪兒？再往遠處又是什麼呢？」

他沒來得及回答，上面臺階上響起了腳步聲……

注：

① 耶和華想考驗亞伯拉罕對他是否忠誠，吩咐亞伯拉罕把愛子以撒獻為燔祭。他帶著以撒上山，把以撒綁起來，然後舉起尖刀照以撒刺去。上帝讓天使拉住了亞伯拉罕的手。上帝因亞伯拉罕聽從他的吩咐，肯獻出自己獨生手作為燔祭，對亞伯拉罕表示稱讚和祝福。

記事四十

提要：事實。
　　氣鐘罩。
　　我確信。

白天。天氣晴朗。晴雨表七六〇。難道這裡的230頁記事，是我D-503寫的嗎？難道過去我確實這樣感受過，或者只是我自以為這些是我的感受？這裡是我的筆蹟。下面還是同樣的筆蹟。但是，幸運的是，僅僅筆蹟相同而已，沒有什麼夢囈，沒有荒唐的隱喻，沒有什麼感情的流露，有的只是事實。因為我很健康，十分健康，絕對健康。我臉上總是帶著微笑，我不能大笑：因為我腦袋裡的那根刺已被拔除，現在頭腦很輕鬆，空空蕩蕩。確切地說，不是空蕩，而是沒有任何妨礙我微笑的奇思異想（微笑是一個正常人的正常狀態）。事實如下：那天晚上，我那位發現宇宙有限之說的鄰居和我，以及其他和我們在一起的人，都被帶走了。我們被送進了附近的一個講演廳（講演廳的號碼是112，不知怎麼我覺得挺熟悉）。我們被捆在手術臺上，接受了偉大的手術。

第二次，我，D-503，謁見了造福主，並對他講述了自己所瞭解的有關幸福的敵人的一切。怎麼以前我會感到難以理解呢？眞莫名其妙。唯一能解釋的是，因爲過去我有病（有靈魂）。同天晚上，我和造福主他大人同桌而坐。這是我初次坐在氣鐘罩室內。押上來一個女人。她應該當著我的面招供。但這女人堅決不開口，只是微笑著。我發現這女人的牙齒雪白堅利，非常漂亮。

後來，把她押到氣鐘罩下。她臉雪白，而眼睛黑幽幽，大大的，十分美麗。當開始從氣鐘罩裡抽出空氣時，她的頭向後仰去，微微閉上了眼睛，緊緊咬著嘴唇——這使我想起了什麼。她望著我，雙手緊緊抓住了刑椅的扶手，她望著我直到眼睛完全合上。

他們把她拖出來。電殛很快使她蘇醒過來。然後又送進氣鐘罩。

這樣反覆了三次，但是她始終不吐一詞。和這個女人一起押來的人比她老實些。許多人只受了一次刑，就開始招供了。明天他們全都要送上造福主的機器，處以極刑。

已經不能再拖延：西部街區仍很混亂，那裡又哭又喊，又是屍體，又是野獸……很遺憾，還有爲數不少的號民背叛了理性。
但是在40號橫向大街上，已經築起了一堵臨時高壓電大牆。
我希望勝利會屬於我們。我不只是希望，我確信，勝利屬於我們。
因爲理性必勝。

〈全書終〉

國家圖書館出版品預行編目資料

我們／尤金．薩米爾欽／著　陳奕明／譯
-- 初版-- 新北市：新潮社文化事業有限公司，
2024.03
面；　公分
譯自：MbI
ISBN 978-986-316-898-0（平裝）

880.57　　112022126

我　們

尤金．薩米爾欽／著
陳奕明／譯

【策　劃】林郁
【製　作】天蠍座文創製作
【出　版】新潮社文化事業有限公司
電話 02-8666-5711
傳真 02-8666-5833
E-mail：service@xcsbook.com.tw

【總經銷】創智文化有限公司
新北市土城區忠承路 89 號 6F（永寧科技園區）
電話 02-2268-3489
傳真 02-2269-6560

印前作業　東豪印刷事業有限公司

初　　版　2024 年 04 月